U0552871

知更鸟
系列

LINEA NIGRA
黑线

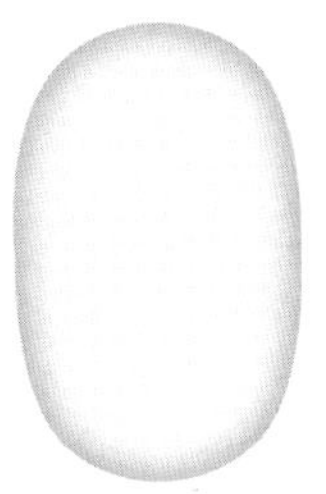

Jazmina Barrera

〔墨西哥〕贾斯明·巴雷亚 著

姚云青 译

人民文学出版社
PEOPLE'S LITERATURE PUBLISHING HOUSE

著作权合同登记号　图字 01-2025-0826

图书在版编目(CIP)数据

黑线 /（墨西哥）贾斯明·巴雷亚著 ；姚云青译.
北京 ：人民文学出版社，2025. --（知更鸟系列）.
ISBN 978-7-02-019449-0

Ⅰ. I731.65

中国国家版本馆 CIP 数据核字第 2025CJ1747 号

责任编辑　**卜艳冰　潘爱娟**
封面设计　**钱　珺**

出版发行　**人民文学出版社**
社　　址　**北京市朝内大街 166 号**
邮政编码　**100705**

印　　刷　**山东临沂新华印刷物流集团有限责任公司**
经　　销　**全国新华书店等**

字　　数　**103 千字**
开　　本　**787 毫米×1092 毫米　1/32**
印　　张　**6**
版　　次　**2025 年 8 月北京第 1 版**
印　　次　**2025 年 8 月第 1 次印刷**

书　　号　**978-7-02-019449-0**
定　　价　**45.00 元**

如有印装质量问题，请与本社图书销售中心调换。电话：010－65233595

敬献

本书主角（西尔维斯特、亚历杭德罗、特莱）

及其他相关人士

孕期剪影

今天早上我在候诊室偶然翻到一本天文日历。今年将会有一场流星雨。十二月会出现超级月亮。亚洲有一次月偏食。几个月之后，墨西哥这边还将迎来一次日偏食。

回家路上，在惊喜、感动和迷茫之余，我忽然想到：我再也不会孤单了。

不，这不是事实。实际上我既高兴又害怕。

* * *

怀孕时的等待过程就像看着一个水果篮。有些手机应用能每周告诉你现在胎儿长到多大了，和什么水果的尺寸相当。这些应用程序都是国外的，所以没有考虑到墨西哥这边水果的多样性，比如，这里的芒果和牛油果有很多大小不一的品种。亚历杭德罗说，墨西哥的橘子就和智利的橙子差不多大，而智利的橘子则和墨西哥的柠檬大小相当。此外，我简单称之为“柠檬”的水果，在他口中成了

“皮卡[1]柠檬”；他所谓的普通柠檬我却叫它“黄柠檬”。

几天前我们去做了一次超声波检查，听到了宝宝的心跳。护士说它的心跳非常强劲。宝宝现在还只有蓝莓那么大，身体的绝大部分都被这颗强劲跳动的心脏所占据。这么一个只有蓝莓大小、身体几乎就是一颗跳动心脏的小小生物，真是很难不令人心生怜爱。

* * *

我一直很喜欢面包的香气，甚至幻想过要是有一款名为“面包店”的香水就好了。而如今，只要一闻到袋子里溢出的烘焙面包的气味，甚至哪怕只是想象一块涂了果酱的面包，我都会立刻恶心不已。

我把这种感受告诉亚历杭德罗，他建议我把这些事情都写下来，以免将来忘记。我没有告诉他我已经在写了，因为我觉得“写一本孕期日记”似乎有点老套。在《当你怀孕时会发生什么》这本书里就推荐大家写孕期日记，这听起来确实很像陈词滥调。

---

① 皮卡（Pica）是智利的城市，位于该国北部塔拉帕卡大区的艾尔塔马鲁加尔省。——若无特别说明，均为译者注

我还在重读玛吉·尼尔森的《阿尔戈》①。今天读的章节中提到，从来没有人详尽地阐述过怀孕是一段多么黑暗的历程。作者的孕期并不轻松：一直在恐惧中度过，经历了数次意外事故，甚至险些丧命。我过去从未想过孕期会有如此艰难的时刻。我母亲和我的朋友们过去只说这是一次多么美妙的转变，只说分娩是多么不可思议；而事到如今她们才告诉我，孕期她们一直犯恶心，感觉有多么难受。当然了，也有许多喜悦的时刻，比如聊起宝宝的名字，或是想象它的脸的时候。但这些喜悦是可以预见的，是我所期待的；而这种黑暗的体验却在意料之外。

我难以想象世界上竟有一半的人类都经历过这一切。这明明是世界上最寻常之事，我的感受却如此独特，并深感困扰和不适。

* * *

我妈妈早年凭借一组大幅抽象画一举成名，广受评论

---

① 玛吉·尼尔森（Maggie Nelson, 1973— ），美国著名散文家、评论家、诗人，曾获麦克阿瑟天才奖、美国国家书评奖等。《阿尔戈》（*The Argonauts*）是玛吉·尼尔森2015年出版的一部作品，该书记录了她与跨性别艺术家哈利·道奇（Harry Dodge）的浪漫关系，触及怀孕、父母去世、跨性别文化、学术和家庭关系等话题。

家认可。这组画的核心主题是“红色”。当时我才三四岁。成名之后，我妈妈决定创作一套新的组画，致敬俄罗斯超现实主义画家阿道夫·莱因哈特①：一组无法拍摄和销售的画作，探索色彩的极限，凝聚成笔下的黑色。

多年来，每次我们参观博物馆和画展时，妈妈总会教我如何欣赏某些画作，比如罗斯科②的黑色系列：要保持耐心，让视线适应画面的黑，这样才能分辨其中的种种细微差别——不透明的黑色；明亮的黑色；偏红、偏紫和近似灰色的黑色。

我妈妈创作“黑色”系列多年之后，十几岁的我上了绘画课，才掌握了那种辨别、混合和搭配不同黑色色调所需要的技巧，也才理解到像我妈妈那样，以不着痕迹的笔触描绘出这种黑色的难度。那种暗沉的黑色仿佛具有某种吸收性，又黑得像虚空。每当想象从子宫中看到的世界时，我就会想起妈妈的那些画，以及她传授的在黑暗中辨识事物的知识。

---

① 阿道夫·弗雷德里克·莱因哈特（Ad Reinhardt, 1913—1967），美国抽象画家。

② 马克·罗斯科（Mark Rothko, 1903—1970），生于沙俄时代的拉脱维亚，1910 年移民美国。他的作品和画风被认为是抽象表现主义的典范之作。

* * *

关于女孩名字的讨论变得日渐紧张起来。考虑到孩子父亲的姓氏[①]，我们从一开始就排除了以字母“S”或者“Z”作为结尾的名字。我本觉得“帕兹”是个美丽的名字。我们同样否决了他的前女友的名字（亚历杭德罗前女友的名字都很美），以及我的前男友的名字（人数寥寥，名字也糟糕）。我几乎不经思考地大声喊出一些名字，然后提出了“玛尔”[②]这个名字。我觉得这名字很美，亚历杭德罗也立即就喜欢上了。“这个名字如此原始，如此简单而又美丽。”他说，“为什么没有更多人叫这个名字呢？”

但话一出口我就后悔了。“玛尔”是我一位非常亲密的朋友的名字。她名叫玛丽亚·德·玛尔，但我们都叫她“玛尔”。她是我认识的唯一叫这名字的人，在我的印象中她这人和这名字密不可分。这名字会不断地提醒我让我联想到她，而且我希望听到这名字时只想到她，而不会想到其他人。因此我不想用这个名字了。还有其他成千上万个女孩子的名字更讨我喜欢。我把我的顾虑告诉亚历杭

---

① 作者的伴侣亚历杭德罗·桑布拉（Alejandro Zambra）的姓氏以“Z”开头。

② Mar，意为大海。

德罗，试图说服他选择“娜塔莉娅”“塞尔瓦”或“约瑟菲娜”这些名字，但是他坚持要取“玛尔”这个名字。没办法把这个想法从他脑中抹去。

* * *

我回来了。此前我连续数日都被恶心感搞得精疲力竭，只能紧紧揪住我的电热毯，或是抓着亚历杭德罗的手。我试图说服自己，这就像在一艘游轮上度过三个月，然后患上晕船（mal de mar）一样。头三个月通常是孕期恶心最为严重的时期。我简直想要从船上跳下去，结束这一切。

今天我和朋友 U 一起共进午餐。她花了很长时间给我介绍她正在尝试的替代性止痛疗法（针灸和巴哈花疗①），描述它们有多么神奇。与此同时，我则带着崇敬的心情想到了邦诺多辛。自从接受这种药物治疗以来，我已经有一整天没犯恶心了。我想给这个药物的研发者写一封感谢信，告诉他是他救了我的命。

---

① 巴哈情绪花精是英国著名医生爱德华·巴哈（Edward Bach, 1886—1936）发明的天然制剂，据说他研发的 38 种花精能缓和各种负面情绪状态。

* * *

我们还没整理完公寓。怀孕害我们的很多计划彻底乱了套。比如说：原本差不多都快完成了的书房。我们买了一张书桌，一把椅子，把这些家具安置在我们的房间隔壁。我们把调制解调器和电话也放在那里。但现在，我们需要腾出一间婴儿房。我们必须把所有电缆从那个房间拿出来重新布线，但我们不知道该如何处理书桌，也不知道以后我们可以在哪里写作。

如果当时知道自己怀孕了，我就不会在搬家时搬那么多箱子了。难怪我当时感觉精疲力竭，像被洒了农药一样。

* * *

互联网上充斥着关于怀上孩子如何困难的故事。我有好几个朋友已经尝试了很久，却始终没有成功。很多文章都说，在长期服用避孕药之后，身体需要花差不多一年左右的时间才能调整过来。因此，当我停药时，我也以为自己至少要再过一年才有可能怀孕。如果事情按部就班，一年后怀孕正好就在计划之中。然而，我在停药一个月之后就怀孕了。

* * *

我在几个月之前申请了一笔为期一年的写作奖金，刚刚发现自己申请成功了。我只觉得百感交集，不知道自己是高兴还是害怕。带着一个新生儿在身边，我何时才能坐下来写作呢？我现在甚至都不记得自己的计划是什么了。

* * *

书上把这种感受称作“不真实感”。我的肚子只是稍微大了一点点，很不显眼。它过去也曾经好几次大到这个程度。如果我不知道自己怀孕了，根本不会想到这一点。我可能会以为那些恶心和疲劳是其他原因造成的，月经延迟则可能是荷尔蒙失调引起的。我想到了莫泊桑写的一篇小说《奥尔拉》①。怀孕一开始也像这么一个无形的存在，吸取你的能量，让你感觉不适。当想到“奥尔拉”和吸血鬼的故事时，我想起了这个事实：母乳就是经过过滤的血液。血液在静脉中循环，然后变成奶水。我讲完后发现几

① 莫泊桑写于 1887 年的一部幻想性短篇小说。书中以日记形式描写了主人公的焦虑和恐慌：他感觉到有一个看不见的生物体存在于他的周围，并命名其为“奥尔拉”（Horla）。他开始还是清醒的，然后在试图摆脱奥尔拉无形的控制过程中，逐渐变得疯癫。

乎没有人知道这个事实。但是他们应该知道。每个人都应该知道。

* * *

我们最终决定把一张书桌放在餐厅里，其他家具放在天台的小房间里。我始终不想彻底解决“哪里?”的问题，因为我更害怕去思考随之而来的“何时?”的问题：产后我何时才能有空写作呢？在几点？我很确定我会继续写作。我曾被问及接下来两年是否会放弃我的写作计划，我告诉她，我肯定会继续写作（只要我还能用邦诺多辛）。

我刚读完雪莉·杰克逊[①]的《第三个孩子最容易》。一个女人去医院生自己的第三个孩子。整个分娩过程漫长、混乱、复杂且痛苦，尽管周围的人都坚持认为“只是生个孩子而已”，还说“生第三个是最容易的”。我最喜欢的部分是，当作者到达医院时，接待人员问了她一系列令人心烦意乱的问题，而她则必须在宫缩的间隙努力作答。当接待员询问她的职业时，杰克逊回答“作家”。于是接待员说：“我会记下‘家庭主妇’。”尽管疼痛难忍，杰克逊还

---

① 雪莉·杰克逊（Shirley Jackson, 1916—1965），美国作家，著有《摸彩》《邪屋》等。

是坚持澄清自己的职业是“作家”，但那位女士则反复重申她会将之登记为“家庭主妇”。

* * *

我正在读丽塔和克里斯蒂娜的故事，这对著名的连体双胞胎只活了五个月。两人共享一个阴道和两条腿，但各有自己的头。我目前还感觉不到那个“小苹果”的动静（按照亚历杭德罗的说法，是一个青苹果），但能感觉到体内有一部分不属于我，它有自己的基因，会按照自己的意志行动。我体内的这个部分挥舞着自己的手脚、有自己的嘴巴和指甲，但却与我同吃同行，依靠我才能生存。

我成天想睡觉，感觉就像被麻醉了似的。我好像身在此处，又好像置身事外。也许是因为我体内的一部分正在构建成另一个人，又或是因为，在此刻，我的一部分已经成了另一个人。一切都很混乱，但我想写的是：怀孕就是一个二重分身（Doppelgänger）的过程。

* * *

我的姓氏巴雷亚（Barrera）的含义很硬派。这个姓既拘谨又无聊，还有同音重复。“桑布拉”（Zambra）则代表着节日与喧嚣，同时也是一种小船的名字。我们在城里有一对朋友率先给孩子的名字中加上了母亲的姓氏，但他们的姓氏很有特点，也颇具启发性：普鲁登西奥（Prudencio①）。所有的孩子都应该在名字里加上母亲的姓氏，但母亲姓“巴雷亚”的情况除外。

说到派对，我读到的妮基·桑法勒②的事迹中曾提到，这位艺术家1966年在斯德哥尔摩的一个博物馆创作了一座巨型雕塑：Hon③（她），展现的是一个躺卧着的巨大的女性形象。观众可以穿过其阴道，进入色彩鲜艳的雕塑内部。雕塑内部还有一个假画展，右乳房的位置有一个牛奶吧，左乳房内部则是一个天文馆。妮基将这部作品称为“一场派对”“回归母亲的子宫”。

* * *

我（并非刻意地）花了许多时间试图翻译和理解梅

① Prundencio在西班牙语里有“小心”“谨慎”的意思。
② 妮基·桑法勒（Niki de Saint Phalle, 1930—2002），法国雕塑师、画家和电影导演。
③ Hon在瑞典语中指“她”。

根·奥鲁克[①]的一句话，意思大致是这样的："母亲的存在，超越了所有'开始'的概念。这就是她成为母亲的原因：你无法开始这个故事。"

我很容易把这些句子和凯蒂·施密德[②]的那首名为《摆渡人》的诗混为一谈。诗中大意如下：

> 在来世，我看到的第一张脸就是我妈妈的脸。
> 所有的母亲都是摆渡人，过去曾是渡人的船。

但我对这个翻译并不满意。原诗的意思没有准确表达出来。我会继续努力。

* * *

昨天，我梦到自己流产了。我看见血，然后尖叫了起来。在清醒时，我并不太担心会流产，因为胚胎还很小：不过就是一些细胞。现在担心这个还为时过早。

---

① 梅根·奥鲁克（Meghan O'Rourke, 1976— ），美国诗人、作家、评论家。

② 凯蒂·施密德（Katie Schmid），美国诗人。

* * *

我妈妈曾告诉我，如果我是男生，她会给我起名叫“西尔维斯特”。我从小就听着这个故事长大，偶尔也会想象如果我是一个叫这名字的男人，我的生活会是怎样的。我很中意这个有点野性的名字，我想象中的“西尔维斯特”会比我更无拘无束，更聪颖开朗。我向亚历杭德罗推荐了这个名字，他很喜欢。到目前为止，还没有其他名字能让我们如此满意（这个方法对于给女孩起名字却不适用。因为如果亚历杭德罗是女孩，他家里人曾打算给他起名“詹妮弗”）。（幸运的是，他不是那种非要将自己的名字传给儿子的男人）。

女孩的名字依然悬而未决。例如，“萨拉”是一个美丽的名字，但与爸爸的姓氏押韵，所以被舍弃了。我想起这个名字是因为一个叫这名字的朋友。她刚给我寄来一首写她儿子的诗。“最完整的身体”。她在诗中写到了怀孕。这句话一整天都在我的脑海中一遍遍地出现，就像一首魔性的歌曲。

* * *

我忽然想到，我这几个月所做、所写的一切——尤其是我所写下的一切，都是我们两个人共同完成的。以最接近“合体”的形式：一个在另一个之中。

* * *

昨天我梦见自己到了孕晚期。大约八个月左右的样子。梦里我要去做个超声波检查，就类似我这周四将要做的这种。超声波影像显示出婴儿非常清晰的三维轮廓，是个男孩。突然之间，他就已经从我的肚子里出来，变成一个大孩子了。小婴儿的头发卷卷的，穿着一件红色衬衫和一条工装裤。他和我俩谁都不像，但可爱极了。我过去一直更想要个女孩，因为我自己也曾是个小姑娘，能理解女孩子。相反，男孩在我看来却像个谜。我一直觉得养小男孩肯定很艰难，但现在也开始期待起来了。我想要一个梦中这样的儿子。

* * *

我像寻找旅行指南一样寻找关于怀孕的读物，包括各种怀孕主题的参考书、心理分析指南、小说、诗歌和散文。我发现很难找到合适的文学作品。一位朋友告诉我，玛丽·雪莱是在怀孕时写作《弗兰肯斯坦》的。迹象其实很明显，但我过去读这部小说时从未注意到这一点：《弗兰肯斯坦》是关于创造生命的故事，故事中的男性不仅仅是在扮演上帝，更是在扮演女性的角色。

女权主义者玛丽·沃斯通克拉夫特[①]在生育玛丽·雪莱时去世。玛丽·雪莱自己生了四个孩子，其中三个夭折，其中包括她写作这部作品时所怀的女儿克拉拉。因此，她会认为做母亲至少在某种程度上是一种恐怖的经历，也是情有可原的。我想到了《弗兰肯斯坦》中怪物复活并试图杀死它的创造者的那个段落。这个恐怖的篇章就像一场产后的噩梦。

弗兰肯斯坦博士花了两年的时间，才用尸体碎块和动物的肢体拼凑出他的怪物。两年的时间听起来更加合理：创造一个完整的人类所用的短短九个月在我看来仿佛是顷刻之间。怀孕的时间应该延长到三至五年，过程更加和缓，而不要像现在那么激进。大多数哺乳动物的幼崽一出生就能独立行走，而且几乎已经可以自力更生。与这些动物相比，人类出生时要弱小无助得多。但我会这么想倒并

① 玛丽·沃斯通克拉夫特（Mary Wollstonecraft, 1759—1797），英国作家、哲学家、女权主义者，著有《为女权辩护》《北欧书简》等。

不是因为这种生物学条件上的原因，而是因为对我来说，这是一项巨大的、超自然的、难以理解的、充满奥妙的任务。我不能理解事情怎么能发生得如此之快。

我也并没有自欺欺人。我很清楚，并不是我在创造这个小生命，而是我的血液和我的肺在供养它，是基因的疯狂运作。感觉就像有人在通过我来创造另一个人类，但创造者并不是我本人。我并没有亲手参与我的子宫内所发生的创造工作。我看到报告说，我肚子里的小生命如今已经有了眼睛、头发和肺，但我对此一无所知，也永远无法解释它是如何完成的。一切听起来都是如此不可思议，就像一场幻觉、或是一个奇幻故事。

* * *

马琳·杜马斯①曾经创作过一幅名为《孕妇像》的画作，画的是一个跪着的女性，她穿着一件敞开的蓝色衬衫，身体的其他部分都赤裸着。她的乳头又大又黑，巨大的肚子看起来像是已经怀孕七八个月了。马琳花了好几年的时间来创作这幅画，但她的笔触果断、迅速，从画面中

① 马琳·杜马斯（Marlene Dumas, 1953—　），南非当代艺术家和画家，现定居于荷兰。

几乎看不出这一点。画面中女性的脸和她的上衣一样是蓝色的，但身体却是肉色的。马琳用好几张不同的照片拼凑起了画中女性的形象，其中也包括她自己在 1989 年怀着女儿海伦娜时的照片。因此，画中女性的头部看起来似乎与身体不搭。怀孕时有时确实会有这种感觉：感觉我的头不属于我自己的身体。

* * *

亚历杭德罗很担心小“呱呱”（他这么称呼小宝宝）会不喜欢番茄和洋葱，因为我在怀孕期间从不吃这些东西。我吃饭一直不太好。我有很多讨厌的食物，而且也不喜欢吃得太饱的那种感觉。而如今，我觉得空前绝后的饿，这是我过去从未有过的饥饿感。我从未感觉自己变得和过去这么不一样。我的描述，我的个人体验中，有许多内容正在发生变化。“你的身体永远不会再和之前一样了。”我的妇科医生曾说。我不记得她是怎么会说起这句话的，也许只是因为心情不好。

* * *

我妈妈在怀孕的时候特别馋肉。她过去一辈子都是素食主义者，却在那阵子吃起了火腿和汉堡。而另一方面，她听到当时很流行的一首歌曲《阿尔卡拉之门》的时候就会直犯恶心。

胡安娜修女[1]曾经为帕雷德斯伯爵夫人写过一首浪漫诗，其中提到，夫人在等待儿子何塞出生的过程中，有一天突然极度想吃坚果。

胡安娜修女是这样描述怀孕时的两重身体的：

当你拥有两个灵魂
你不必怀孕
就能拥有千个灵魂

之后更进一步：

并非奇迹
在你的美中
两个身体位于一处
一个物质，两种形态

---

① 胡安娜·伊内斯·德·拉·克鲁斯（Sor Juana Inés de la Cruz，1651—1695），墨西哥学者、诗人、作曲家和哲学家，16岁进修道院当修女，被称为“第十缪斯”“美洲凤凰”“墨西哥凤凰”。

* * *

娜塔莉亚·金兹伯格[①]写过一篇关于堕胎的文章，支持妇女自主选择堕胎与否的权利。她在文中写道，子宫中的婴儿“是一种没有声音，也没有眼睛的生命形式”；“一个人的遥远而苍白的项目”；“一个具体的个体，一种活生生的真实的可能性”。但在谈到是否给予其生命的选择时，她说：“当我们开始思考命运可能带来的一切时，我们就会想到，是否永不给予其生命，永远选择虚无才是更理智、更公平的决定。”以及，“……热爱生命，相信生活，也就意味着要同样热爱它所带来的痛苦；意味着要热爱我们身处的这个时代极其恐怖的深渊；意味着热爱命运的黑暗，和它巨大的未知性。”

我过去从未像现在这样坚定地支持堕胎合法化。这种剧烈的身体变化只应该在女性已经作好准备、热切盼望的情况下发生。任何并不想经历这一切的人，都不应该遭到强迫。

我把这种想法付诸于笔端，随后在《阿尔戈》中读到了与我的原文几乎一模一样的说法：“在我的一生中，我从未像在怀孕时那样支持堕胎。”

---

① 娜塔莉亚·金兹伯格（Natalia Ginzburg, 1916—1991），意大利著名作家，代表作有《家庭絮语》《小小的美德》等。

* * *

我六岁时，我妈妈送给我一本画册，名字叫做《孩子是如何诞生的?》。书中有几个人物，在所有画面中都赤身裸体（我经常自问，他们难道不冷吗），这些人物给孩子们解释了有性生殖的原理。书中有几页内容是关于怀孕的，在介绍分娩过程的那一页上写道："由于宝宝的头很大，而子宫颈又相对较窄，所以母亲分娩孩子时要费很大的劲。"这本书令我害怕。在书的封面上，画着一对躺在床单下的情侣，女人躺在男人的身上，两个人都赤身裸体。从那时起，我就以为成年人每天晚上都是这么睡觉的：成双结对，一个人躺在另一个的身上。

* * *

我读到罗萨里奥·卡斯特拉诺斯①的一首诗，其中的描述与我当时对孤独的想法相似：

它的身体向我乞求诞生，求我给它让路

① 罗萨里奥·卡斯特拉诺斯（Rosario Castellanos, 1925—1974），墨西哥作家、记者和外交官，被认为是墨西哥女性主义的先驱之一。

在这个世界给予它一席之地
以时间书写个人的历史

我同意了。从分娩的伤口中
从血泊中，它与我分离
它离开了，我揽镜自照
我仅剩的只有孤独

我敞开自己，献出自己
向着访客，向着风，向着现在

我过去从未想到过，分娩（parto）也是分别（partida）的时刻：是孩子从你的身体中分离出来的时刻。这是分离的时刻，也是新生命开始出发的时刻。是我们分道扬镳的时刻。

* * *

我和我的朋友塔尼亚聊天，她有两个孩子。我告诉她，我仍期待怀孕过程中魔法和奇迹的部分，但到现在为止，这段经历更多的是令人烦扰不安的。她能够理解我，这点让我很欣慰。她告诉我，魔法就藏在这些不适、痛苦和陌生感之中。塔尼亚写过一些关于怀孕的文字，说感觉就像一个圆形的鱼缸。我得重新读一下这些文字了。

我决定抛开对流产的恐惧，坚信孩子一定能够顺利出生。如果出了什么问题，那就到时候再说。我们已经开始为那间几乎已经完工的书房寻找婴儿床了。

* * *

昨天凌晨，我听到一声响动，顿时被吓醒了。我外婆去世前的最后几年是在我们家隔壁的房子里度过的，有个护工每晚照顾她。有时当护工睡着后，我外婆会自己站起来，然后会摔倒，这时护工就会朝我们家大声呼喊求助。从那时起，甚至在外婆已经去世很久之后，夜晚的响动总会把我吵醒，让我同样焦虑不安，总感觉是她又摔倒了。昨天惊醒时，我没有想到外婆，而是产生了一种无名的恐惧，想象着自己未来每晚都会被这种恐惧所惊醒。

* * *

亚历杭德罗说："我能够理解（男女双方）用复数形

式说‘我们怀孕了’这个建议背后的意义，但这很蠢。很不幸，我并没有怀孕。怀孕的是你。你才是怀着孩子的人。”

* * *

确定了婴儿的性别是男孩。在几个月的时间里，我将同时既是女人，又是男孩。

* * *

当我顿悟到这个真相时，我跑到厨房告诉亚历杭德罗：“我体内有个男人！”

* * *

同样是金兹伯格说的：“这种地下契约是无声的，以隐藏的形式存在着；母体与这个活生生的生命形式之间这种未知的、隐秘的关系，事实上是这个世界上最封闭、最束缚、最黑暗的关系，是所有关系中最不自由的。”

* * *

所有的相关书籍和文章都会强调，怀孕并不是一种疾病。但我必须承认，迄今为止，怀孕的感觉就很像生病。我产生了未知的疼痛和奇怪的感觉，由于我有点疑心病，情况就更糟。我很在意自己身体中所有和过去不一样的地方，而且总会把它们和疼痛联想到一块儿。

但亚历杭德罗自从得知我怀孕以后就戒烟了，尽管他没怎么抱怨过，但我相信，事实上，无论如何，他的感受肯定更难熬。

* * *

我做的梦也比过去多了。也许是因为如今我每晚要睡十个小时甚至更长时间。我会做一些很生动、很奇怪的梦。今天我梦到自己站在一座灯塔的顶端；为了下来，我必须得像蛇一样换皮。

* * *

怀孕时，你在期待一个自己还不认识的人，你可能想象过他的样子，可能见过图片，但一个活生生的婴儿与这些截然不同。如今，当我揽镜自照时，我会试着想象自己如果是个男人，看起来会是什么样子。我想“西尔维斯特”看起来会像亚历杭德罗，这很容易想象：我见过亚历杭德罗小时候的照片，能够预见他的样子：“西尔维斯特”会有一头黑发，笑起来的时候眼睛微微眯着。但我也想知道他会从我这里继承哪些特征，我的哪些部分会变得男性化（或者已经很男性化了），以及这种变化会是什么样子的。

* * *

在西班牙殖民时代以前，当地的许多孕妇形象中，妇女都会将锅子抱在怀里或是顶在头顶上。有一种迷信的说法是，在怀孕期间不能吃玉米饼，因为这种食物会沾在锅子上。这是为了防止孩子粘在子宫上不肯出来。

墨西哥人认为山也会怀孕，从中生出人类。洞穴就是其子宫。锅也能代表子宫，因为那是储存谷物和水的地方。尸体有时也会被安葬在山洞里，或是锅子一起随葬，这样死者就能回归本源，回到地球的中心。

* * *

我和亚历杭德罗一起在产前课程的笔记本上做记录。我的字写得很糟糕，他的笔迹却很完美；两种字迹把我们的想法和引言混合在一起。我很喜欢这本笔记本，它就像一本古本手抄本。我希望西尔维斯特有一天能读到它，但也许让他在上面涂鸦会更好：让他随心所欲地在笔记本上涂写一通。

如今我们已经有一大堆奇怪的术语需要理解和记忆：心理预防、催产素、松弛素、初乳、硬膜外麻醉、三歧式、切石术、会阴切开、胎脂、胎毛、泌乳素……

我感觉自己像是回到了中学，正在参加克劳迪娅·罗东老师监考的一次生物学考试。

* * *

我妈妈在怀孕期间画了几幅自画像，几乎所有作品都是她用不同的技法画的自己的脸。她告诉我，人在怀孕的时候脸会发生变化。尽管她当时几乎每天都在画，但如今保存下来的只有两幅。她给我看了那两幅画像，都很大，每张约七十厘米高。第一幅画是用墨水和水粉画的，是一幅由黑色线条和冷色调所组成的网络。第二幅画是红色的，用丙烯绘制。在两幅画中，她都扎着头发，脸上带着画自画像时那种专注的表情。

* * *

埃兰迪来看我时送给我一块环形的布，可以在我哺乳时用作遮盖物。我甚至没有想到过自己可能会需要这样一种装置，这让我感觉很怪，很不舒服。

埃兰迪说，怀孕的感觉，至少在一开始，就像经历了你一生中最严重的一场宿醉一样。没错。确实就是这种感觉。

* * *

我过去从未注意过那些在公众场合哺乳的女性。现在，我会关注她们的举止，也能感觉到周围有些人很明显的不适感。有些人盯着她们看，这是可以理解的，因为很少看到女性在公共场合哺乳，这引发了他们的好奇心。另一些人则会竭尽所能地避免去看她们，这或许反而更加令人不适。

* * *

胎盘被排出体外的过程被称为“分娩”。在尼日利亚和加纳，胎盘被看作婴儿的孪生兄弟，是胎儿的影子，在分娩过程中死去。在孩子出生后，他们会举行仪式，把胎盘埋在树下。

我在威尼斯的自然历史博物馆见过一个古老的胎盘复制品。它看起来就像一种外星生物，像是与我们拥有不同的智慧，更加优越。

* * *

我十四岁时第一次在奥赛博物馆看到库尔贝①的《世界起源》。我是和我妈妈一起去的，我还记得她向我解释这幅画有多么重要。尽管我已经记不清她的原话了，但有一点我记忆犹新：她说，这是一幅重要的画作，因为这时有史以来第一次，有画家敢于真实描绘女性的外阴。这幅画作曾有一段时间被雅克·拉康②收藏，当得知这件事时，我觉得这真是恰如其分。

---

① 古斯塔夫·库尔贝（Gustave Courbet, 1819—1877），法国著名画家，现实主义画派创始人。

② 雅克·拉康（Jacques Lacan, 1901—1981），法国精神分析学大师。

* * *

我最好的一个朋友的母亲在他三岁时死于癌症。他告诉我，当他母亲怀孕时，肿瘤就已经在她体内了。我常常想起我的这个朋友，他曾经和肿瘤一起共存在他母亲体内。生命和混沌在同一个子宫内同时孕育，就像一对双胞胎。

* * *

我妈妈说我是个很女性化的孩子。她读过《第二性》之后总是给我穿裤子，把我的头发剪得很短，送我的玩具都是汽车和球类，但我总能把这些玩具当成玩偶，来玩扮演妈妈的游戏。

* * *

现在我可以想象我妈妈怀孕时经历了什么：一个只有她自己知道的秘密世界。由于男人永远不会怀孕，对男性来说要想象这样的事情是多么困难。对于如今正在我体内成形的这个男性来说，要想让他有朝一日能够理解这一点又是多么困难。

* * *

考古学家们就华盛顿布利斯收藏馆中的墨西加产妇雕像[①]是否真的是墨西加人[②]创作的争论不休。许多人坚称这是 19 世纪的作品。但无论如何，这些争议都不会削弱雕像本身的影响力：雕像所刻画的分娩中的妇女大张着嘴，可以看见她所有的牙齿；她的鼻子膨胀，锁骨突出，仰面朝天，眼神空洞。孩子的头正从她的阴道中探出来，石像上的斑点恰似人体的动脉和静脉。雕像所刻画的女性似乎前所未有地坚强、生动，但同时又像一具骷髅，就像死亡本身。

* * *

孕妇的反胃也像一种隐喻。比如说，有一天晚上我们

---

① 华盛顿布利斯收藏馆，前美国驻阿根廷大使、收藏家罗伯特·布利斯（1875—1962）和妻子收藏有诸多前哥伦布时代的艺术作品，1940 年这对夫妇将自己的一处房产和部分藏品捐给哈佛大学，即今天的敦巴顿橡树园研究图书馆和收藏馆。

② 墨西加人（Mexica），亦称“阿兹特克人”，墨西哥印第安人，包括不同部落，创造了著名的阿兹特克文明。

正坐在一家烤肉店里，我突然间觉得自己必须立即逃离此地。我觉得可能是环境和烟雾的混合引发了这种反应。这种感觉和晕船很相似：突然产生反胃感之后不自觉的条件反射。我过去一直很能容忍不喜欢或不舒服的情况，而且善于掩饰；但现在我做不到了。我讨厌的事情如今会让我更加难受，导致我没法容忍，因为我觉得容忍这些对胎儿不公平。他不该忍受这一切。

* * *

我发现有一篇文章探讨了两种理论。第一种理论认为怀孕的女人只是一个容器，只是容纳了一个独立的生物在她体内存在。第二种理论则认为婴儿是孕妇身体的一部分，就像一个新增的器官。我认为两种理论都有道理。婴儿同时兼具这两种特性，而且还在不断地转变。一开始，它只是你体内的一个细胞。它就是你。怀孕初期的体验只发生在你自己身上。然后渐渐地，你体内的这个部分变成了一个独立的存在，而你自己则变得越来越像它的容器。

根据西蒙·德·波伏瓦的说法，这个过程的结局是崇高的，但也是可怕的："胎儿是她身体的一部分，同时又是蚕食她的寄生虫；她在占有胎儿的同时也被胎儿所占有：胎儿拥有她全部的未来。它在她体内，让她感觉自己如同整个世界一样广阔；但同样的富足也会摧毁她，让她感觉自己一无是处。”

* * *

不知从什么时候起，我的双脚从我的视线中消失了。今天洗澡时，我忽然意识到站着的时候我的肚脐也不见了。我从镜中看到它正在消失。肚脐的凹陷已经全然消失了，现在几乎只剩下一个星号，很快就将完全无影无踪。我的肚脐是我曾在母亲体内生活过的唯一可见的标记：我曾通过脐带从我妈妈身体中获取营养，那时我曾是她的一部分。这是唯一的历史印记，能够证明我也曾是一个胚胎，就像所有的脊椎动物以及所有的哺乳动物一样。在我的肚脐缓缓消失的过程中，我能够看到自己从女儿到母亲的转变。

* * *

我朋友劳拉怀孕的周数几乎和我相同，就比我早了四周。因为她多那么一点点经验，再加上她这人又风趣又迷人，我决定把她视为我的守护圣人。我急需一位守护者。包括医生的选择、意愿的选择、穿什么衣服等等，劳拉给了我全方位的建议。

我在电话里向她抱怨自己的各种不适，把怀孕的经历描述得很糟糕，因为我跟她聊到的多是那些新的、不舒服的感受，但却忽略了另一方面。举例来说，我没有跟她聊过，当我感受到婴儿胎动的时候，自己是多么地兴奋。我觉得宝宝的踢腿和移动就像一种摩尔斯电码：我们之间的首次交流，仅限于单向输出，美妙而暧昧不明。

* * *

我妈妈提醒我不要看日食。西班牙殖民前的玛雅传说中曾经提到，每次日食时太阳都会被吃掉。如果一个孕妇看到这一幕，生下来的孩子可能就会有畸形。为了防止这种情况，玛雅妇女会在胸口附近的位置佩戴一把黑曜石的折刀。时至今日，每当发生日食时，墨西哥的孕妇们还会随身携带一把剪刀，有时则会戴一根红绳。我个人完全不相信这种说法，但我的确有一种个人的迷信，就是千万不能顶撞我妈。经验证明，违背她的命令确实常常会给我带来厄运。

* * *

我开始用复数形式说话。如果有人问我“你怎么样”，我会回答“我们很好”。婴儿就像笼中的小动物一样躁动不安。如今，用肉眼就能看到他在皮肤下的移动。如今我越来越不觉得肚子里“有什么”，而更多的感觉是肚子里“有谁”。

* * *

据说，在婴儿呱呱坠地的头一个小时内，会重新建立一种重力平衡，同时大脑中负责平衡的神经会发出前所未有的信号脉冲的洪流。在我体内的宝宝现在的感觉，大概就像我漂浮在外太空时会产生的那种感受。

电影《2001 太空漫游》的最后一幕中，老人变成“星之子”的场景相当精彩。他变成了一个胎儿，从太空中的某个角落观察着地球。

子宫就是身体内部的这个外太空，一个封闭的宇宙。

* * *

在医院的二楼有一架“幽灵钢琴”，就是那种会自动演奏的琴。那架钢琴不断地弹奏着，曲目从巴赫到“警察乐队”，五花八门。通过房间里的内阳台，所有楼层都能听到那架钢琴所弹奏的音乐，即便远在新造的妇产科大楼的诊室里也能听得清清楚楚。我觉得自己听到了一首曲子，是过去我祖母曾在钢琴上弹过的，于是走出诊室想听得更清楚些，却发现那不是我想的那首曲子。于是我重新回到诊室，紧挨着亚历杭德罗坐在一张带软垫的长凳上。在角落里有一个鱼缸，里面有几条斗鱼正摆动着鱼鳍游来游去。

我们是听了劳拉的推荐来的。她的一个朋友在这里的医生的看护下生了孩子，劳拉自己也从怀孕一开始就看同一位医生。根据互联网上的介绍，该诊所是自然分娩的先驱诊所之一，他们尊重分娩过程，反对产科的一些暴力模式，比如母子分离、阻碍母乳喂养，以及大规模地实施剖腹产等。

候诊室里还有两名孕妇也在等待，我们带着怀孕时特有的默契互相微笑着。我试着猜测她们怀孕的月份：右边那位大概是六个月，她看起来依然精力充沛，也不像左边的孕妇那样驮着背。左边那位目测已经怀孕八个月，甚至可能九个月了，腹中的重压压得她整个人都弯腰曲背。

我看着这地方的装修，试图从中得出对医生的初步印象：与我之前去的妇产科诊室相比，粉红色的装饰少一些，整体更加丰富多彩。这里没有那么多妇女哺乳的画像，取而代之的是更多的抽象画（墙上挂着一些米罗和康定斯基的画作的复制品）。房间中央的桌子上，在另一侧堆放着同样的介绍干细胞保存的宣传册（如果我从互联网上查到的信息属实，这玩意儿就是一个极其昂贵的骗局），另外还有关于妊娠治疗的宣传。

我们很快就进入了诊室。出于一个非常愚蠢的理由，我顿时对这里产生了信任感：诊室里到处都是植物。在我看来，这些绿植代表着某种生活的乐趣、关爱意识，以及对植物的精妙理解。当然了，这些品质很可能来自打扫诊室的员工，但我还是决定将其归功于这里的医生。诊室里还挂着照片，有十来幅医生的照片，还有两个小女孩，我们猜可能是医生的女儿。那两个金发的女孩在照片中微笑着，从她们的笑容中完全看不出她们是通过自然分娩还是剖腹产出生的。所有的照片中全然没有孩子母亲的踪迹。对面的桌子上放着一盒巧克力，还有一摞介绍自然分娩的书籍。

医生走进来，坐在电脑前。他说话声音低沉，话不多，但都直奔主题：他不是那种会为了要更多的闲暇时间，或是为了多收我钱就会安排剖腹产的医生。他支持自然分娩，也就是尽可能减少人为干预，除非确实有必要。他会使用热水浴缸来帮忙止痛，会通过使用玛雅椅或是其他各种姿势，利用重力来帮助分娩。他每次说完话会停顿一下，等我们提问题。这一点我也很喜欢。对比我之前的医生那种匆匆忙忙的态度，我更喜欢他的从容不迫。他向我说明，分娩同样可以在这家医院进行，如果我需要的话，也可以采用导乐分娩①。产检之前是每月一次，到最后两个月的时候则需要每周进行产检。我们安静地离开了诊所，很高兴能够找到一位通情达理的医生。

* * *

据说在这几周内，婴儿的味觉比未来一生中的任何时刻都更为发达。他在羊水中能尝到我吃的芒果的味道，但他尝到的味道会比我尝到的更好。

---

① 导乐分娩（doula），亦称舒适分娩，指医护人员和导乐（助产士）为产妇提供专业化、人性化的服务，让产妇在舒适、安全的状态下自然分娩。

* * *

我们正在上产前课程。在一个关于产后环节的课程中，我们围成一圈坐在椅子上。那椅子很不舒服，尤其对我们这些孕妇来说，比如我。如今我已经增重接近十公斤了。亚历杭德罗在笔记本上记录着，这本笔记本应该用来记录课上学到的重要信息，但实际上我们在上面记的都是老师和学员们讲的有趣的段子。

有一位老师问，有谁知道产后期持续多久？我举手回答："一辈子。"我本以为其他夫妇都会笑起来，但实际上没有人笑，老师也没有笑。她非常严肃地回答："没错。它将会持续余生。"忽然，我自己也不再觉得这有什么好笑的了。

我在亚历杭德罗的笔记中找到了我们在课程中听到的那些引人注意的话：

"必须分散子宫的注意力。"

"实习医生喜欢触诊。"

"必须锻炼会阴肌。"

"我是生活的旁观者。"

蕾切尔·卡斯克[①]曾说，参加分娩课程的感觉就像在

---

① 蕾切尔·卡斯克（Rachel Cusk, 1967—　），英国作家，著有《成为母亲》《边界》《过境》《荣誉》等。

学习死亡。

* * *

别人留给我们或送给我们的婴儿衣服抽屉已经装不下了。我也不知道自己为什么这么喜欢整理这些小衣服。这些衣服的美感中带着荒谬，因为小婴儿其实什么也看不见。刚出生的时候，婴儿甚至连颜色都分辨不出。所有这一切都是为成人准备的，为了让大人回忆自己的童年，或是赋予婴儿某些特质：天真？娇嫩？

我在我妈妈家喝茶，我们聊起一个表姐的孩子。我妈妈突然回忆起我出生的头几个月，想起我当时非常平静地凝视窗外的样子。她说她喜欢观察婴儿，因为他们仍保有某些特质，来自存在之前的虚无，远远超越了生命的起始和终结。

我出生的前一天正下着雪。我爸妈去伊斯塔西瓦特尔火山①赏雪。回想起来，我妈妈可能是记错了预产期。对于一个第二天就要生产的孕妇而言，她感觉出奇地好。到了早上，宫缩开始了。她在我祖母家休息了一整天。我祖

① 伊斯塔西瓦特尔火山（Iztaccíhuatl），墨西哥的火山，位于该国南部普埃布拉州，距离首都墨西哥城约 70 公里。

母开始感到头晕目眩。她在公路上或是特别紧张的时候偶尔就会这样。医生不在城里，他去惠乔尔人[①]那里帮忙给一只鹿接生去了。圣赫罗尼莫的小诊所又正好停电了。面对如此窘迫的情况和随随便便的医生，我祖母大为震惊。接生婆说我肯定是个女孩，因为我很配合。我妈妈仅仅用力了三次，我就出生了。

* * *

我在帕斯卡·基尼亚尔[②]的一本书中读到，胎儿在见到光之前就已经开始做梦了。他们会梦到什么呢？声音？感觉？味道？

* * *

亚历杭德罗已经睡着了。而且他身体不舒服，所以我不想吵醒他。有人说直视日食有危险，所以我在一张硬纸

---

① 惠乔尔人（los huicholes），墨西哥的印第安原住民，他们视鹿为一种神圣的动物。

② 帕斯卡·基尼亚尔（Pascal Quignard, 1948— ），法国小说家，著有《乔治·德·拉图尔》《游荡的影子》《罗马阳台》《世间的每一个清晨》等。

板上打了个洞，来反射太阳的倒影，尽管我觉得这可能不起作用。我把用来打孔的剪刀放在衬衫口袋里，然后悄悄地走到街上。日食现在应该已经开始了，但云层盖住了太阳，我什么都看不见。云朵体积不大，正在空中快速变换位置，随时随地都有可能分散开来，露出被遮盖的天空。哪怕只有短短一秒，也够我们看见太阳的了。那张硬纸板一点用也没有，但人行道上有个水坑，里面积着昨夜的雨水，水面上倒映着遮住太阳的云朵。于是我就在那里等待着。云朵紧紧地聚成一团，看似随时都会打开，但很快就又合上了。就在我想放弃的时候，有这么一瞬间，我瞥见了水坑中的倒影。太阳看起来非常小，就像一颗被咬了一口的糖果。我想到我也是这样看到我的宝宝的：间接的。黑白的。远远的。透过超声波设备，就像一个天文现象的倒影。

距离宝宝出生还有三个月。距离下一次日食还有两年。

* * *

我想写一部记录怀孕历程的散文集。我总爱写散文，可以记录真实感受，而没有什么山盟海誓、起承转合、阴谋诡计、衍生情节等等。我给几个朋友读过这部文档中的几页，其中一位对我说“这是一部小说”。怀孕是随着时间而发生的一种转变，是一种倒叙。因此，不管是否出自我的本意，这里面总会有情节，有故事。

* * *

在《黑暗仪式》一书中，罗萨里奥·卡斯特拉诺斯描述了一个名叫马塞拉的女子在日食期间分娩的故事。她写道，当时，太阳和月亮正在空中战斗，而马塞拉所属的佐齐尔族[①]族人则大声呼喊着，使劲敲响手鼓和铃铛助阵。马塞拉戴着一副树皮面具，躲避着重获自由的大普库胡（gran pukuj）的视线。作者没有解释这个“普库胡”是什么，但它听上去就令人恐惧。马塞拉就像一匹小马，抗拒着不想穿过湍急的河流。她紧紧地抓着屋里最坚固的柱子，就这么站着生下了自己的孩子。人们用一根玉米秆锯断了脐带，据说这样有助于土地丰收。他们给马塞拉喂辣椒水，帮助她恢复体力。待日食结束后，她取下了面具。第二天，马塞拉去了蒸汽浴房，在岩石间喷出的雾气中，她认出了——或者说是重新认识了——自己的

① 佐齐尔族（los tzotziles），居住于墨西哥恰帕斯州中央高地的玛雅人，属于印第安人，为玛雅文明的直系后裔。

儿子。

* * *

我们看着我的肚子。宝宝正在踢肚子，我的肚皮随着他的踢击起伏移动。突然之间，一切都开始摇晃起来。我们发现这不是拖车经过引发的颤动，而是一场地震，于是赶紧奔了出去。我从亚历杭德罗手中抢走了钥匙，因为他开门的动作比我慢。然后我就赶紧跑了出去。之后我才想到我应该等他的。但当你怀孕时，你就算有点自私也感觉不到什么。照顾好自己也就意味着照顾好另一个人。

* * *

一项研究表明，婴儿喜欢孕妇抚摸自己的腹部，他们能够从中感到某种愉悦。当宝宝在肚子里踢得很厉害时，把手放在肚子上抚摸几乎是孕妇的一种本能，或许是为了保护胎儿，也可能只是因为自己想这么做。我还看到一种说法：我从小很喜欢的俄罗斯套娃总是把双手放在肚子上，那是表示她们怀孕了。

* * *

昨天，我们在产前课程中学到，雌性哺乳动物通常会在夜间开始分娩，因为此时天敌较少。同时，因为在分娩时它们的瞳孔会扩张，因此光线昏暗更佳。在墨西哥，当孩子在家中出生时，按传统习俗会关上门窗，以防邪灵进入。屋里要保持昏暗。在西班牙语中，我们会把分娩说成“见天日”，但其实分娩更多发生在晚上，而非白天。即便发生在白天，过程也像日食一样，是白日中的黑夜。

我的肚子上渐渐地浮现出一道黑线。人们将之称为“妊娠线”（Linea nigra）。据说，这条线能够帮助宝宝通过鲜明对照，沿着胃部的位置朝上看，直到找到乳头。我的身体中正逐渐填满了为别人所准备的信号，我自己却不知该如何解读，需要别人来给我详细解释。

我忽然明白了数个世纪以来为何男性如此惧怕女性，甚至将她们视为女巫。所有这些生物本能、这些基因的信号，它们超越了生物学的解读（在没有生物学解释的时候更是如此），确实与魔法非常相似。

* * *

亚历杭德罗穿着睡衣，站在客厅里玩滚球游戏（他将之称为“Emboque”）。我坐在沙发上看着他玩。他说一旦进球就去洗澡。但他第一次、第二次都没击中。到了第三次，球进了。与此同时，地板整个摇晃了起来，窗帘和家里的植物也在摇晃。“地震了！”我大喊。亚历杭德罗费劲地试图用钥匙开门，而我又一次一把抢过钥匙把门打开了。我们跑到街上，站在天桥旁边的一条狭窄的人行道上，等着地震过去，但晃动持续了好一会儿。我们感觉震动很强烈，但不知道实际强度有多高，也完全无从想象。之后，我们看到照片和新闻上出现了倒塌的建筑物和被困人员，才知道这次地震有多严重。

* * *

半个城市都被震毁了。还有许多人仍被困在废墟之下。女人们在产前课程上哭泣。她们觉得害怕和悲伤，又因为这种情绪感到内疚。刻意抑制这些感情是多么折磨人，又是多么愚蠢啊。人们问我宝宝还好吗？当然好。也许这些孩子会因此更早地具有人性。仅此而已。

我刚得知胎儿在母亲的肚子里就会哭泣了。一种无声的哭泣。他们会做出怪异的表情，张大嘴。这些无声的呐喊的画面在我的脑海中挥之不去。就像蒙克的画作。子宫本来被认为是某种原始的天堂：一个没有饥饿、寒冷、也没有痛苦的地方。

* * *

“母性是另一种伤害的形式。它将个体破坏、解体，在这之后，个体原本的形态就消失了。”在莎拉·曼古索[①]看来，成为母亲就像一场地震。

* * *

我妈妈多年来为了卖画吃尽苦头，直到 2002 年，她遇到一名阿根廷和瑞士混血的商人，此人成了她的艺术赞助人。这位赞助人我没见过几次，但在我印象中此人身材魁梧，头发花白。从我妈妈描述的他的那些事情来看，我觉得他应该是个快乐、风趣的人，有种敏锐的幽默感。在

---

① 莎拉·曼古索（Sarah Manguso, 1974— ），美国作家，代表作有《骗子》《两种腐朽》等。

将近十五年的时间里，我妈妈把自己创作的几乎所有作品都卖给了他。我妈妈是个完美主义者，她会月复一月地雕琢、修改一幅画，花费很久才能最终完成；因此，她一年的产出也就只有三四幅画作。我妈妈很欣赏她的这位收藏者。她的画作会直接送去收藏家的地下室，之后再也没有人看到过它们。但她并不在乎。绘画成了她和他直接对话的一种形式。就像文艺复兴时期时那样，我妈妈开始为他而绘画，在创作时总是想着他。绘画是她表达感激之情的一种方式。那是一种诚挚、深刻的感谢之情。

几年前，当这位收藏家去世时，他的子女继承了总共三十五幅画作。子女们把这些画作保管在纳瓦尔特区的一个六层楼房的地下室里。地震之后的一天，我妈妈接到一个电话：那栋大楼震塌了。这些画都消失在了瓦砾下。

* * *

我外婆晚年得了阿尔茨海默症，足有七年时间。在大约第六年的时候，发生了一件事。那时她已经几乎无法走路了，大部分时间都躺在床上。因为总是长时间地保持一个姿势，她的皮肤上生了褥疮。那天中午，我外婆正在睡午觉，我和我妈妈在院子里。这时，地面突然开始摇晃。

我妈妈在短短几秒钟内就冲上楼梯，然后抱着我外婆跑下来，仿佛抱着一个新生儿。我外婆比我妈妈还高，不过那时她已经变得极为消瘦，体重可能比我妈妈还轻。我们三人一起等在花园的无花果树旁，直到地震结束。

妊娠线

1781 年，伊丽莎白–路易丝·维热·勒布伦[1]创作了一幅著名的肖像画，名为《玛丽·安托瓦内特与她的孩子们》，这幅画挂在凡尔赛宫。在画中，王后身穿红色礼服，戴着扑粉的假发，怀中抱着一个婴儿，她的大女儿挽着她的胳膊站在一旁。在她身旁的另一侧站着一个小男孩，指着一个空摇篮。那里本该躺着她的幼子，但那个婴儿因难产去世了。

维热·勒布伦是一位自学成才的画家，她工作勤奋，精于公关。她曾是玛丽·安托瓦内特的御用肖像画家，也是她的好朋友。在那个年代为数不多的几位赢取到声名的女画家中，除了她，还有阿德莱德·拉比尔·吉阿尔[2]。那个时代的人们曾试图在这两位女画家之间营造激烈的竞争氛围。

阿德莱德·拉比尔·吉阿尔最著名的画作之一是肖像

---

① 伊丽莎白–路易丝·维热·勒布伦（Élisabeth-Louise Vigée-Lebrun, 1755—1842），法国杰出女画家，因给王后玛丽·安托瓦内特绘肖像画而出名。

② 阿德莱德·拉比尔·吉阿尔（Adélaïde Labille-Guiard, 1749—1803），法国历史及肖像画家。

画《米托瓦尔夫人和她的孩子们》。在画中，一位妇人正注视着在向她打招呼的大儿子，同时胸前还抱着一个婴儿。在她的头上戴着一顶花冠。

在维热·勒布伦的日记中，她提到在她临产时，她在宫缩的间隙仍坚持绘画。

* * *

劳拉告诉我，她有些朋友的房子也在地震时塌了。她家的房子倒塌时，她正临产，全家人都在医院里，因此逃过一劫。

* * *

在我大约九岁的年纪，有一次，我看到妈妈的一个朋友在给她看手相。“你妈妈的生命线很短，”她说，“她会早逝。”听到这话，我冲进浴室大哭起来。我妈妈试图安慰我，她说如果手相的说法能成真，那所有在同一场战争中死去的所有同龄士兵的生命线就应该一样长了，但事实并非如此。但我依然将信将疑。我永远讨厌她的那个朋友。讨厌到现在。

* * *

在阿根廷埃塞俄比亚区和韦尔蒂斯区的交界处，我妈妈与军队和居民一起想方设法从废墟中抢救她的画作残骸。他们发现了几幅画，有一幅画直接被一分为二了。还有几幅情况更糟，也有几幅情况好一些。他们也挖掘出一些财物：大楼邻居的服饰、珠宝、玩具和家具。他们把这些物品的照片上传到一个聊天群，来寻找失主。我妈妈在群里找到了三件她送给赞助人的庆生礼物：惠乔尔人的手工艺品，上面盖着捷克的玻璃珠串。这些工艺品非常脆弱，但保存良好。

仍有人被埋在废墟下。有些人似乎是因为躲在了木头画架的下方而得救。与此同时，亚历杭德罗在我们家几个街区外的一个物资中心做志愿者。而我只能挺着肚子坐着，感觉自己一无是处。我一边帮忙打电话组织志愿者，一边看新闻里报道如何营救被埋在学校建筑下面的孩子们。夜里，我突然爆发出一阵大哭。亚历杭德罗抱住我，问我发生了什么事，而我不知该如何回答。之后他向我道歉了。“问‘怎么回事？’是世界上最蠢的蠢事，”他说，“看到你哭了，我却问你发生了什么事，让我感觉非常糟糕。”他告诉我。

* * *

自怀孕以来，我每晚三点左右就会饿醒。亚历杭德罗说我看起来像在梦游。我会起床，给自己倒一杯杏仁奶，然后坐在客厅里摸黑喝掉它，不开灯。我听着外面零零星星的车辆经过的声音，想着我做过的梦，看着窗帘上映出的植物的倒影。亚历杭德罗已经记住了植物的名字，这样他就能在宝宝出生后教给他。我想着宝宝，想着这杯杏仁奶会转变成他白色的骨骼。今天的失眠感觉很糟糕，但我想我以后会怀念这些时刻的。

* * *

不管大家怎样向我解释市场运作的规律，我内心深处有一部分始终不能理解，为什么我妈妈甚至无力购买一幅她自己画的画。

* * *

在一本粉红色的相册中，有一张我妈妈怀孕时父亲给她拍的黑白照片，在照片中，她微笑着，看向光亮处，光源可能来自一扇窗户。她的长发披散在肩头，浑身赤裸，侧躺在床上，肚中怀着大约八个月的身孕。她告诉我，在她怀孕时她经常晒太阳，所以看起来皮肤黝黑。

* * *

每次有人问玛丽·达里厄塞克①索要“作者照片”时，她都会寄去一张自己怀孕时拍摄的裸体照片。几乎每一次，对方都会在回复时请她重新寄一张“正常”的照片。

* * *

我外婆曾是一名护士和导乐——在她那个年代，人们还没开始用这个词来指代她们这些陪产的妇女。我对于她人生中的这一阶段知之甚少。我多希望她还活着，来帮助我克服恐惧。

我还记得——虽然不知道具体是谁告诉我的——我出生后，第一个抱起我的人就是我外婆。她对我说的第一句

---

① 玛丽·达里厄塞克（Marie Darrieussecq, 1969— ），法国作家、翻译家，著有《应当爱人类》《此在即全部：葆拉·莫德松-贝克尔传》等。

话是“你终于来了。”

* * *

在某个不眠之夜，我忽然想到，怀孕就像做梦一样，就这么突然发生在你身上。

* * *

在经历了头两个孩子出生时那种可怕的分娩过程之后，我外婆（就像 20 世纪 60 年代的其他无数女性一样）听说了俄罗斯和法国的外科心理预防 ① 教学理论。《无痛分娩》一书深深地吸引了她，于是她决定接受培训，为分娩过程中的女性提供指导和陪伴。在很长一段时间内，她都是在自己家里上课。她会在下午把自己和学生们一起锁在客厅里，并禁止我妈妈和她的姐妹们进去，但她们会透过钥匙孔偷偷窥探，看我外婆教导产妇们如何放松自己，如何呼吸。她把《无痛分娩》一书藏在衣柜的内衣抽屉

① 外科心理预防（la psicoprofilaxis），以预防为目标的心理治疗过程，重点关注手术情况；通过促进患者的情感、认知、互动和行为功能，指导他们面对手术阶段、减少不良情绪影响并促进术后恢复。

里，这样女孩子们就看不到了。但当她出门时，我妈妈和她的姐妹们就会把书拿出来。她们把书上那些解剖图和临产妇女那些血淋淋的图像都熟记于心。

* * *

劳拉告诉我，她在知道自己可能怀孕的情况下发生了关系，由于受到肾上腺素的影响，那成了她一生中最美好的性爱经历。我觉得对我来说也一样。

我知道刚怀孕时，由于充血，阴部的敏感度也随之上升，因此感觉会变得更加强烈，高潮也会来得更快。快得多。有时，我们在睡觉时也会达到高潮。

* * *

帕洛玛·瓦尔迪维亚①曾经画过一部美丽的漫画来描述自己的怀孕经历。她是这样描述自己和她那些怀孕的朋友的："这是我们扩大世界的一刻。我们正在创造生命。"

---

① 帕洛玛·瓦尔迪维亚（Paloma Valdivia, 1978—　），智利著名插画家。

* * *

我会是一个好爸爸。每当有人问我们是否还想要更多孩子的时候，我就会这么想。如果亚历杭德罗能怀孕的话，我会很乐意再要一个孩子。如今我已经知道生育一个孩子所需要的精力、时间和能量，我觉得以我的生活方式和身体条件，我只够当一次母亲。但，如果有可能的话，我知道我会非常享受陪伴亚历杭德罗怀孕的过程。我会支持他，照顾他，在他做超声波检查的时候握住他的手。我会给他买小零食，帮他调整枕头，等到他没法自己穿鞋时帮他穿。我知道有些男人会羡慕女人可以怀孕，但我则更羡慕他们不必亲自怀孕就可以参与其中，不用经历身体上的变化也能成为整个生育过程的见证者和参与者。

* * *

这张照片中的一切都是斜的：镜子向右歪斜，黛安①则面向相机镜头，向左歪着头。镜子里倒映出相机和她的裸体，但她的眼神像是游离其外，正看向别处。她没有

---

① 黛安·阿勃丝（Diane Arbus, 1923—1971），美国新纪实摄影师。

笑。她的手放在乳房下方，抚着自己隆起的肚子，肚脐突出，但还不是特别明显，大约是五到六个月的身孕。《自拍，有孕》隶属于阿勃丝在20世纪40年代拍摄的一套照片系列，记录了她的怀孕历程。她把这些照片寄给了正在“二战”战场上的丈夫。这是阿勃丝的第一个孩子。当时她二十二岁。

* * *

我一直觉得圣拉斐尔区广场的慈母纪念碑非常可怕。那是一组灰色的雕塑，矗立在死气沉沉的广场上：一个讨厌的公证人，一个拿着玉米穗的女人，还有一个令人反感的巨大的母亲的雕像，她的怀中抱着一个小孩，那小孩长着一张暴君的脸。这座新装饰艺术风格的雕塑始建于1949年，在这次地震中彻底倒塌了。

* * *

在我小时候，我妈妈分娩时的照片就放在家庭相册里。但因为照片尺寸太大，无法装进相册的隔页，因此只能零散地夹在相册里。那是两张黑白照片，上面的网格很小，必须把脸凑近纸张才能看清图像。照片中，我妈妈戴着帽子和口罩，她痛苦的表情，和我血淋淋的脑袋，从我小时候起就让我深感恐惧和厌恶。

今天下午，我请我妈妈把这些照片带来给我看。照片非常破旧、颜色也褪掉了，有的地方甚至已经发霉，但仍然可以辨认出画面中的场景。照片的数量和尺寸足够让我重新构建起当时的场景，情况大致如下：

我妈妈躺在诊所的扶手椅上。椅子后面有一个水罐和几摞书。在她身旁站着的是我爸爸，他身穿一件白色的衣服。旁边还有一名助产士，她穿着格子衬衫，扎着法式的发辫。助产士正对我妈妈说着什么。诊所中的另一把椅子上坐着我外婆和我阿姨，她们一开始在聊天，然后我阿姨开始读书，我外婆则裹着一条毯子躺在她身边。在椅子后面，我舅父正在给我妈妈按摩太阳穴，她闭着眼睛正在享受按摩。下一张画面中，我妈妈已经躺在医院的床上，双腿张开。我外婆、我爸爸和我阿姨都围在床边，都穿着医院的罩袍，戴着帽子和口罩。然后镜头切换到我妈妈，她张开嘴，发出阵阵呻吟声。当医生的手抓住我的头时，能看见我外婆脸上紧张的表情。当我被完全拉出产道后，她们看见我是一个女孩。我爸爸本来就想要女孩，他对着镜头笑着，比出胜利的 V 形手势。他的嘴被口罩所遮挡，但能看到他眼中笑意盈盈。然后我出现了，湿漉漉的，裹在一块毛巾里。医生拿着听诊器听我的心跳时，我正在哭。人们把我抱到我妈妈胸前，她微笑着。然后，四只手把我放在一个小水盆里洗澡（我看不见他们的脸）。我外婆抱着我，给我穿衣服，我妈妈则在旁休息。最后几张照片不太清晰，但能看出我和我妈妈都已经穿戴好，我想应该是在我外婆家。在最后一张照片中，我妈妈把我裹在一条毯子里，抱在她的胸前。

导乐告诉我，通过自然分娩出生的女性更有可能自己也经历自然分娩。我不太清楚这是因为遗传基因导致的，还是某种身体记忆的传承。

* * *

留给我在生产前完成奖学金项目的时间不多了，但我仍毫无头绪。我感觉自己就像《发光的小说》里的马里奥·莱夫雷罗①，只是他靠玩扫雷来拖延时间，而我则是列出一张又一张的清单，清点西尔维斯特的房间还没备好的物件：蚊帐、尿布台的台罩、洗发水，还有无穷无尽的其

① 马里奥·莱夫雷罗（Mario Levrero, 1940—2004），乌拉圭作家、编剧、艺术家。《发光的小说》是他的代表作之一。

他各种东西。我不知道哪些才是必需品，哪些不是。我就像一只松鼠，在世界末日来临之前拼命消费。我想拜托我的奖学金导师允许我变更项目。我想写这本书：这是我眼下唯一能写的东西。

* * *

弗里达·卡罗想象并绘制了自己出生时的场景：一个女人双腿张开，躺在一张护理床上。分娩即将结束：弗里达的头已经露出来了，但身体的其他部分还没有。画中的弗里达有着成年人的脸，紧闭的双眼上方是她标志性的一字眉。她的头浸泡在一摊血迹中，影射女画家在画这幅作品时刚刚经历的流产。母亲的脸和上身盖着一块床单，因为她在不久之前已经去世了。在床后挂着一张《忧伤圣母》的画像，画上的圣母正在哭泣。

* * *

我们曾经住在“童车乐园”——亚历杭德罗和我在谈恋爱时曾住在布鲁克林社区，人们这么称呼那里的卡罗尔花园。那时，一个朋友以很低廉的价格租给我们一套那边的公寓。那是一个住宅区，绿树成荫，环境幽静。这是刚生孩子的纽约人最喜欢的居住区。当他们决定要孩子时，他们就会搬到这个社区。这里到处都是婴儿服装店、玩具店和药店。等孩子长大一点之后，他们就会搬到离市区更远的其他街区，那里有最好的学校。在“童车乐园”的街道上，能看到保姆和妈妈们带着各种肤色、体形不等的婴儿们散步。

在我人生中的大部分时间内，我都没有考虑过要小孩的事。不是说我不想生孩子，而是连想到这件事本身都会令我觉得愚蠢。我感觉自己几乎不可能做好万全的物质和精神准备。我的有些朋友曾经历过“宝宝狂热（baby fever）”的阶段，他们疯狂地想要怀孕，即便明知现实情况根本不合适当父母。而我则刚好相反，我几乎从未花费过哪怕一秒钟去考虑这件事。相反，我倒是确实花了不少时间，琢磨怎样才能弄到一只不会使人过敏的猫。

我开始考虑要孩子是因为我爱上了亚历杭德罗。也因为我们住在“童车乐园”，这里到处都是婴儿。

* * *

我表弟约好了在我妈妈的花园里给我和劳拉拍孕照，但他迟到了，没法来。于是我妈妈拿出自己的手机，拍了我们坐在草席上的照片。她给我们几条围巾，让我们把围巾系在脖子上，露出肚子。我们站起和坐下都要费好大的劲，害我们笑得前仰后合。

* * *

我已经把埃兰迪送给我的哺乳巾忘在脑后了，直到迎婴派对时我又收到了两条。我的一个朋友孩子刚六个月大，她还送我一条哺乳围裙，这也是在哺乳时用来遮挡视线的。“我从没用过，但也许对你有用。”她告诉我。

所有这些围巾都是做什么用的呢？它想传递的是什么样的信息？公开哺乳是不体面的、有争议的、有风险的？乳房的存在首先就是为了喂养婴儿用的，这不是显而易见的事实吗？哺乳是为了让婴儿不必忍受饥饿；女性没有必要为此遮掩自己。我是这么想的。但之后我又想到，当身处陌生人或不信任的人群之中时，我可以用这些围巾来避开那些令我不舒服的注视。这样想来，这些围巾也并不那么糟糕。它们可以成为我对抗邪恶之眼的护身符。

* * *

我已经很久没有看见我妈妈擦掉一幅画了，但当我还是个孩子时，她经常这么做。在历经数周甚至数月的劳作之后，一天我放学回家，发现画纸又变成了一片空白。她为什么不能把草稿搁置一边，重新画一幅新的呢？把旧画擦掉有何必要？如果她以后后悔了怎么办？我讨厌她这么做。

* * *

当我出生时，周围的背景音乐是莫扎特的作品 40 号。医生问我妈妈是否可以放这首曲子，她表示无所谓。显然，在这种情况下，不管背景音乐是“德国战车”① 还是巴赫，对准妈妈来说根本无所谓，但总而言之，我们还是花费数小时准备了一个在生产时播放的永恒的曲目表（初产妇的分娩通常会持续超过 12 个小时）。我们的选曲标准为：要选轻快的歌曲，但不能太疯狂。杜绝“LCD 音响系统”②，也不要昆比亚舞曲或夏奇拉的曲子。要选关于孩子和出生的歌曲（关于孩子的歌曲有一些。关于出生的，我

① 德国战车（Rammstein），成立于 1994 年的德国乐队。
② “LCD 音响系统”（LCD Soundsystem），一支来自纽约的朋克乐队。

们至今还一首都没找到)。要选人们愿意伴随着其旋律诞生的曲子。由于限制过多，一些看起来有些荒谬的歌曲也混了进来，比如《联邦区的星期六》。我想播放列表中有80%都是大卫·鲍伊①的歌。

* * *

西尔维娅·普拉斯②说，一名孕妇会在九个月的时间里变成另一个人，一个不是自己的人。然后她又与这个“另一个自己”分开，哺育它，成为它的奶与蜜的源泉。普拉斯在她的日记中详细描述了自己的生育过程，还写了一部戏剧《三个女人》，剧中三个女人在产房中聊天。其中两人都失去了自己的孩子，只有一位带着婴儿回家。“没有比这更残酷的奇迹了。”那位母亲说。

* * *

另一个科学上的争议点。没有人知道，分娩开始的时

---

① 大卫·鲍伊(David Bowie, 1947—2016)，英国摇滚音乐家、词曲创作人、唱片制作人和演员。

② 西尔维娅·普拉斯(Sylvia Plath, 1932—1963)，美国诗人、小说家，著有《钟形罩》《巨神像及其他诗作》《精灵》等。

间到底是由婴儿还是母体来决定的。有些文章声称，婴儿施加的压力会释放一系列荷尔蒙，从而启动分娩。相反，医生们认为是母体启动的分娩过程。他们说，否则早产儿就不会出现了——这些婴儿还没做好准备就出生了。

不适感变得越来越难以忍受，尤其是到了晚上，尽管我睡觉时抱着一个枕头，根据我的需要用它支撑我的背部或腹部。这枕头像个大毛毛虫，或是一个大写的C，亚历杭德罗很讨厌它。我表面认同，其实内心深处我很爱这个枕头，因为如果没有它我就会浑身痛。枕头是我在亚历杭德罗出差时买的，他说我用这个枕头取代了他。

我情绪恶劣，这日子似乎熬不到头。我又疲惫又焦虑。如果分娩时间是由母体决定的，那我为何束手无策，没法加快生产的进度?

* * *

亚历杭德罗不喜欢这个医生。他几乎从不做超声波检查，却要收一大笔钱，只为看看肚子大小。然后他问问是否一切正常，就说我们下个月见。但亚历杭德罗讨厌他的最主要原因是他不喜欢这个医生的语调。他引用《宋飞正传》里的台词，说他是个“低语者（low talker）”。“他一开始会用正常的音量讲话，但说着说着声音就会越来越轻，几乎听不清楚了。既然我们已经开始摇头，他就会一直继续下去，这时再要求他提高音量就显得荒谬了。但等我们到家后才发现，他说的话我俩连一个字都没听懂。”他说。但对我来说，这医生镇定自若的态度令我感到安心。他回答我的疑虑，没有表现出一丝一毫的紧张，几乎总是重复同样的台词：“这很正常。”在怀孕期间，最奇怪的事都会显得正常。例外才是惯例。网上的众说纷纭令我想入非非，而医生那种缓慢的、细不可闻的声音则能够令我感到平静。亚历杭德罗说这叫“无聊之平静”。距离生产的时间只剩几周了。万事俱备：医生、医院、婴儿床。

这次医生在检查后请我们去休息室，说他有事情要跟我们说。我坐在前厅，手心出汗，想象可能会有的成百上千种疾病、缺陷、问题。当我知道他要告诉我们的消息只是他将离开这家医院时，我感到大大地松了一口气。医生似乎是在行政事务上和医院有分歧，一周以后就会被调离，但他还不知道会调去哪里。亚历杭德罗很直接地问了他两次他到底为什么走，语气虽然友善，也有些粗鲁。但医生回答得含糊其词。

一旦习惯了一开始的平静，我才开始意识到现在的情况是多么糟心。我们必须更改待产医院。我们之前已经参观过这家医院，也都很喜欢它宽敞的大房间、浴缸、面向郁郁葱葱庭院的窗户。当然，还有那台会自动演奏的钢琴。医生给了我们几个选择，其中一家医院价格昂贵而且距离遥远，另一家据传在地震之后情况不佳。他建议我们去看一下那两家医院，然后告诉他我们的选择。

* * *

我想念：

仰面朝天睡觉
吃海鲜
自由畅通的呼吸

我会想念：

婴儿在肚内的踢腿
想象宝宝模样时的那种兴奋

* * *

我的“孕傻”已经到达顶峰——至少我希望如此。人们通常用这种说法来指代怀孕时所发生的健忘、注意力分散、理解迟钝，因为在这段时期大脑似乎会发生变化，记忆区的灰质减少了。一位朋友来看我，我想给她泡壶茶，却错把电茶壶当成了普通茶壶，因为两者外观上没有差别（但我们并没有普通茶壶）。我把电茶壶放在火上烧，等我意识到的时候，它已经完全融化了，炉灶上满是黑色且恶臭的液体。我想我不应该再开车了。

* * *

史上第一幅孕妇的自画像是由葆拉·莫德松–贝克尔[①]在 20 世纪初完成的。她在完成这幅画作之后不久就死于产后血栓，终年三十一岁。在此之前她还画过另一幅作品，画中她上身赤裸，看起来也像怀孕了。画中的她盘起头发，脖子上戴着一条长长的琥珀项链，双手捧着隆起的肚

① 葆拉·莫德松–贝克尔（Paula Modersohn-Becker, 1876—1907），德国画家，早期表现主义的重要代表人物之一，被公认为第一位画裸体自画像的女性画家。

子。但这里画的只是她想象的怀孕形象：实际上她当时还未怀孕。而她真正在怀孕时绘制的自画像则在一次纳粹轰炸之后不知所终。她的其他七十幅画作也都被纳粹摧毁，因为他们认为这些作品是堕落的艺术：裸体的女性、哺乳的女性。过去从未有人画过这样的女性自画像。

* * *

我收拾了一个去医院时要用的待产包。新生儿的衣服。哺乳用的罩袍。襁褓。毯子。备用衣服。帽子。牙刷。

纪录片《产房档案》记录了许多女性，从 20 世纪 50 年代起大家做的事情都是一样的。纪录片里说，她们就像要打包准备前往一个无法想象的陌生国度。

* * *

2001 年，我妈妈去纽约住了几个月。我留在了祖父母家，我们夏天的时候一起去看她，住在布鲁克林的一套公寓里，靠近地铁 L 线。我妈妈在中城 58 街有一个工作室，她在那里画了一批小小的、圆圆的浅色画作，看起来像月亮或遥远的外星球。双子塔被飞机撞毁的前几周，我已经回到了墨西哥。9 月 11 日那天，我正在教室里，老师打开电视，我们都看到了事件的重播，还有那些烟雾和一片混乱的现场。别人担心地来问我情况，而我则回答我妈妈不可能在那里，因为她一直不愿意去世贸中心。她说那里的“风水”很糟糕：塔尖正对着两条河流交汇的地方，斩断了“凤翼”，这在风水学看来是一件很可怕的事情。

几小时后，我妈妈和我们通过邮件联系上了。第二座双子塔倒塌时，她正在工作室里。她跑遍整个曼哈顿寻找避难的地方，或是能够回到布鲁克林的方式。没有人理解发生了什么。她楼里的邻居用怀疑的眼神看着她，因为她没有在窗口挂出国旗。机场一片混乱，没人知道要等多久才能回到墨西哥。她过了大约三周后才回来，并把她的画作留在了墨西哥领事馆。她曾多次要求领馆把这些画作寄回来，但他们要么拒绝，要么拖延。之后不知道发生了什么，但那些画作便这样就此消失了。

* * *

距离预产期只有几周了。根据医生的指示，我们开始每周去他那里复查一次。他的新诊所位于郊外，一个我从来没去过的地方。那里遍地都是百万富翁的豪宅，一旁的峡谷则搭满了棚屋。那地方车水马龙，道路错综复杂，要开过去非常困难。我已经变得如此大腹便便、心烦意乱，还昏昏欲睡，所以我再也无法开车了。而亚历杭德罗在这座城市的驾驶经验很少，他尤其受不了这种长途跋涉。他说这就像要通关电子游戏的困难模式（而他从来都不擅长打电子游戏）。

如今，这位产科专家要和一位犹太医生共用诊所。后者的孩子们总是在接待处玩耍。前厅里没有鱼缸了，但接待员还是同一个。医生无法给我做超声波检查或是称重，因为他们还没完全把所有设备都转移到新诊所。他只是粗略地检查了一下，没有发现任何变化。他说他无法预测孩子会在今天出生，还是几天后或者几周后。我跟他反映了一些不适的情况，他说这些都是“正常的”。两秒钟之后，我已经走出了诊所，又开始了漫漫回家长路。

我和劳拉聊了聊，她也面临着同样的情况：同样的医生，同样需要选择新医院。她随时都有可能分娩。我们一起看了两家医院，我俩都选了更便宜、离家更近的那家。那家医院向我们保证，他们的设备没有被地震破坏，虽然因为用了很久，稍稍有点磨损。但产房都是全新的，状况良好。

* * *

我终于能理解《老友记》里瑞秋关于怀孕的那些笑话了。

* * *

我正和法蒂玛在一家餐厅吃饭。餐厅不算豪华，但好在离家很近，因为我已经不能忍受长时间行走了。人们总说孕妇应尽可能地多走路，但这太困难了。我一直觉得呼吸困难。法蒂玛告诉我她很想要一个小孩，但却没有遇到可以当孩子他爸的合适人选。于是她想出一个“计划”。她可以和她的母亲一起要一个孩子。她母亲想当祖母，而她想当妈妈。所以明年法蒂玛会怀孕（跟某个朋友生吧，也许，这不重要），然后她们可以一起抚养和照顾这个孩子。“完美，”我告诉她，“这是一个很棒的计划。”

* * *

孕期如今已超过四十周了，不知为何，接下来的几天却过得很平静。我突然感觉好多了。如果接下来的日子都这样过，我想再等等也没问题。我猜这是暴风雨来临前的平静。

* * *

我看了一部微型纪录片，伊莎贝拉·罗西里尼[①]扮演穹蛛，动物世界中牺牲最多的母亲。在它的孩子出生后，这种蜘蛛会把自己的身体打成肉泥，方便幼蛛咀嚼，直到它们将它整个吃掉。伊莎贝拉·罗西里尼说这是所有母亲所特有的母性本能。然后她问：这是真的吗？

我总觉得自己的手臂比平时要长。夜里，我梦到它们变成了蜘蛛的腿脚。

* * *

我曾经无数次看见我妈妈赤身裸体的样子。没有什么能让她感到尴尬：在我面前洗澡，在海滩上没有人的时候赤身裸体下海，甚至在我面前更换卫生棉条。

我的外婆比较害羞，但在她人生的最后几年她病了，

---

① 伊莎贝拉·罗西里尼（Isabella Rossellini, 1952—　），意大利演员、作家，演员英格丽·褒曼和导演罗伯特·罗塞里尼之女。

必须由别人来帮她洗澡和穿衣。因此，我也曾经多次看到她赤身裸体的样子。我记得她黄色的皮肤上有非常鲜明的蓝色静脉，她的大乳房上浅色的乳头，她弯曲的背部和她小小的脚指甲。

我祖母的肚脐附近有一颗痣，我妈妈和我也遗传了这个特征。如今它就像一颗卫星，在我的妊娠线轨道的一侧运行。

* * *

除了很多脸部的自画像之外，我妈妈在怀孕时还画过一张全身自画像。她把这幅画像送给我阿姨，阿姨把它裱起来挂在墙上。有一天她在掸灰时，这幅画掉进一桶水里，就此毁坏了。

不眠之夜

预产期过了两天之后，凌晨一点，我从床上起来去上洗手间，感觉两腿间湿得像是一瓶水打翻在腿上。助产士在电话里告诉我宫缩可能会随时开始，让我打电话通知医生。离去医院的时间可能还早，她让我试着睡会儿。我尝试入睡，但宫缩这时候开始了，阵痛非常强烈。我走进淋浴房，洗了个热水澡帮助放松，然后又回到床上。到了早上，我妈妈和我阿姨来了。她们和亚历杭德罗一起帮我穿衣服，还给我一块涂了花生酱的面包。疼痛很剧烈，但还不到我想象中的那种程度，也不像我青春期时的经痛那么严重，那时每次来月经我都会痛得快要昏过去。至少这种疼痛还是断断续续的，时不时有几秒钟的间歇时间。

到了上午十点左右，医生打电话让我们去医院做检查。我记得到了医院，下车时正好又赶上一阵宫缩，痛得我紧紧抱住我阿姨。我坐在轮椅上，被推进一个明亮的白色房间，然后坐在一张白色的椅子上等医生过来。妇产科医生来进行内检时，我感到一阵剧痛。但他说我的宫口已经开到了 9 厘米，我才松了口气。根据书本上的知识和之前的产前课程所学，这意味着最糟糕的阶段已经过去了，接下来就是分娩了。之后的一切都变得很混乱。我躺进一个浴缸，里面放着滚热的水。亚历杭德罗从后面抱着我，安慰我。我困得要命，在宫缩的间隙断断续续地睡着了。人们问我是否想要现在开始用力。我不是很想，但还是开始尝试。尝试分娩的过程就像在黑暗中迈步，令人异常痛苦。医生再来做内检的时候，疼痛达到了巅峰。整个分娩过程中有许多人在场围观：亚历杭德罗、医生、他的助理、助产士、新的儿科医生，还有几名护士。所有人都在七嘴八舌地发表意见，除了亚历杭德罗，他和我一样不知所措。他紧紧地抓着我的手，我也紧紧地抓着他的，我俩就像一对决意殉情的情侣。有人说也许我该试试四肢着地，或是抓着披巾。有人说我可能会低血压，最好从浴缸里出来。有人说也许该试试玛雅椅。我能感觉到房间里这些人意见不一，气氛紧张。能感觉到他们之间的敌意。我妈妈未经允许就偷偷溜进了房间。我希望她留在这里，却没有力气说出来。我必须继续用力，却已精疲力竭。助产士喂我喝了些清凉的水，对我说着安慰的话。房间里的背景音乐是我们前几天选好的乐曲歌单。那疼痛无穷无尽。我记得我在宫缩的间隙对亚历杭德罗说，我再也坚持不下去了，我要死了。据说人们会忘记分娩时的痛苦。我如今也忘记了，却依然清楚地记得那些和疼痛有关的词，那些我过去只当是比喻或只是夸张的词。医生时不时听一下胎心，在确保一切正常之前，我们全都屏住了呼吸。他什么也没说，说明没什么问题。之后，我记得自己躺在了某种椅子或小床上。医生说话支离破碎，听起来他好像不明白发生了什么，不明白宝宝为什么还没有出来。我一直在用力，但却不知该从何发力。医生好像有点生气地说，不该这么发力，应该朝他告诉我的方向用力。之后，他说宝宝已经快出来了，如果用产钳就能把他夹出来。我不想用产钳，不过他还有另一种工具，一种类似推子的工具。他问我要不要试试那个，我说可以，随便他了。于是他就用了。我感觉自己像被撕开了。背景音乐播放的是卡埃塔诺·维洛佐①的《小狮子》，这正是我整个孕期亚历杭德罗用吉他弹得最多的歌曲。我一生中从未感受过比这次更大的痛苦、恐惧和疲惫。但我也从未感受过如此的解脱感和轻松感，当人们把宝宝放在我的胸口，我们静静地对视时，这种欣慰的心情达到了顶峰。与此同时，人们还在给我缝合，取出胎盘，但这一切都好像发生在别人身上一样。我只顾着全神贯注地盯着宝宝看。他的眼睛漆黑一

① 卡埃塔诺·维洛佐（Caetano Veloso, 1942—　），巴西作曲家、歌手、吉他手。

片，几乎看不到眼白的部分。湿润的黑眼睛就像液态的黑曜石，像活生生的黑曜石。

* * *

我们在医院度过的第一个晚上，临睡前护士提醒我们保持警觉，因为有时候新生婴儿会忘记呼吸。结果，我们满怀恐惧，彻夜未眠。

* * *

我阿姨、我妈妈和我表弟都挤在客厅里，一边聊天，一边看着婴儿在小吊床里睡觉。每当他动弹一下，或是发出声音时，所有人都会停止交谈，屏住呼吸。

* * *

如今，分娩已经结束，但我必须依靠想象来理解它。这是我的分娩吗？还是我儿子的？分娩到底属于谁，属于新生儿还是产妇？“我们的分娩”。我经历了它，但没有亲自观察它。从我的角度是不可能看到分娩的场面的。我经历了它，但没有亲自看到婴儿从产道出来，因此这对我来说仍像一个奇迹，我只能想象那个场景。亚历杭德罗则确实看到了具体的场景。他向我描述婴儿的头部如何被我的毛发包围着，以及当头部完全露出产道后，医生如何帮忙把宝宝的另一半身体拉出来。“就像父母让孩子坐上他们的车。”他说。而当时我的视野中只能看到医生。我只能不停地问，出来了吗？直到他们把婴儿放在我的胸口，我才看到他。我也想见证分娩的过程。如果整个生产过程能再来一遍，这次我想担任助产士的角色。

* * *

艾德里安·里奇①说，没有人提到过生育第一个孩子时的心理危机，那种情感体验：对自己母亲的隐秘的感情；权力感和无助感交织的困惑感受；对自己能够赋予生命的新鲜体验；以及那种不知所措、精疲力竭的感觉。

从我的脖子往下看，我的整个身体一片狼藉：口水、缝线和血迹。好像经历了一场爆炸。

有时我简直不能相信他曾经在我的体内。在哪里呢？我的体内哪儿有足够的空间去容纳一个这么大的孩子呢？我想象着他在我的子宫里做出他现在做的这些手势和动

① 艾德里安·里奇（Adrienne Rich, 1929—2012），美国诗人、散文家和女性主义者，著有《生于女人》《潜入沉船》等。

作。我觉得这简直是不可能的。

* * *

弗吉尼亚·伍尔夫的丈夫、姐姐和她的医生都禁止她怀孕，因为他们觉得成为母亲会给她脆弱的精神状态带来太大的负担。在她1925年12月21日的日记中，在提及自己的朋友兼情人维塔·萨克维尔–韦斯特时她写道：“她的母性（尽管她对孩子们有点冷漠和严厉）使她成为一个真正的女人（而我从来都不是）。”在《奥兰多》一书接近结尾的部分有一个很极端的场景，充满了夸张的暗示和谜语般的描述，直到最后几句话才点出奥兰多（一个曾是男性的女人）怀孕了，并且已经生产。伍尔夫以这种方式对怀孕和分娩的传统禁忌进行了空前的嘲讽。

在一张为《时尚》（*Vogue*）杂志拍摄的照片中，伍尔夫穿着她母亲的衣服，眼神忧郁地注视着地面。她母亲在她很小的时候就去世了。

* * *

今天下午，劳拉带着她两周前出生的儿子来见西尔维斯特。我吃惊地发现两个孩子抱起来的感觉是如此相似。他软软的头发，他的奶香，我对他即刻产生的爱意。他也可能会是我的儿子，我想到。我也注意到了两个孩子之间的一些不同之处，比如与西尔维斯特的哭声相比，他的哭声是多么轻柔；以及他如何轻轻松松地就能抓住奶嘴，而西尔维斯特仍对此不感兴趣。孩子们不太注意彼此；他们几乎都不怎么转身看看对方。

我有段时间没见到劳拉了，但我们一直保持着联系。从她身上看不出剖腹产带来的疲惫和疼痛，我看她一如既往地坚强快乐。和几乎每一位访客一样，她一见面就首先问起我的分娩情况。我告诉她我还记得清楚的部分，但我记得的不多，在我的脑海中只留下一些碎片化的记忆，想起来都是一片片漆黑的片段，我估计这可能是因为我有很多时间都是闭着眼睛的。但当我讲述的时候，我又开始回忆起其他场景，并自然而然地开始滔滔不绝，有些话我都不知道是从哪里冒出来的。

劳拉先听我说完，之后告诉我有些事她刚生完后没跟我说，为的是不要吓到我或令我产生偏见。劳拉的分娩过程非常漫长，而且出现了一系列奇怪的并发症，最终只得进行剖腹产。这些我之前知道。但我不知道的是，我们的医生在这个过程中冷漠无情，甚至态度粗暴。他斥骂劳拉没有在羊水破裂时通知他，把她吓坏了。他还一直在跟他的助理抱怨分娩时间太长了，会影响他第二天的早餐计划。

在我的分娩过程中，我也不记得这个医生有过友善或体贴的表现。我突然想起了他那像 CrossFit 教练一样的语气，他告诉我该做什么时，几乎是用愤怒的语气在咆哮（“不是这样！”）。我还记得当时我感到又愧疚又害怕，坚信自己做错了什么。突然之间，我们俩都感到了双倍的愤怒：为我们自己，也为对方。

* * *

所谓的产后抑郁的表现：由于疲劳、喜悦和太深的爱所带来的痛苦，我会突然爆发出一阵阵大哭。我们带宝宝去做代谢检查。医生从他的脚后跟取了六滴血，结果我哭得比他还厉害。

* * *

“dar el parto”（“生孩子”）这个西班牙语说法在英语中也有对应的表达：give birth。玛格丽特·阿特伍德曾自问这生命是谁赋予的？又是赋予给谁的？她曾说，这绝对不是一个简简单单的交付的动作，绝不像从一只手递到另一只手那么轻易。

* * *

夜晚的时间过得很慢，白天的时间却转瞬即逝。我想起谢默斯·希尼①的一首关于圣凯文②的诗歌。由于圣人的房间很小，他祈祷时不得不将手伸到窗外，结果一只乌鸫在他手上下了一个蛋，圣凯文就这样伸着手等待了几天几周，直到蛋孵化出另一只乌鸫并飞走。怀孕的感觉正是如此。哺乳的夜晚也像这样。

* * *

在分娩过程中，我妈妈很反感我的产科医生，但她更讨厌那个儿科医生。西尔维斯特刚出生时，儿科医生对待他的方式令她感到愤怒：她的态度相当冷漠，仿佛是在处理一个物件，打包一个行李，而不是在为一个刚刚降临

---

① 谢默斯·希尼（Seamus Heaney, 1939—2013），爱尔兰作家、诗人，诺贝尔文学奖得主。

② 圣凯文（Kevin of Glendalough, 498—618），天主教圣人之一，曾建立爱尔兰格兰达洛修道院。

到这个世界的小生命穿上衣服。因此，在儿科医生忙着给宝宝量身长、称重和穿衣服的时候，我妈妈走近西尔维斯特，在他耳边温柔地说着安抚的话。

* * *

西尔维斯特出生几天后，我就被拉进一个哺乳妈妈的聊天群里。群里有两百多个母乳喂养的妈妈在分享冷冻母乳的技巧、晒出宝宝擦伤的照片、倾诉对一些粗心的丈夫的抱怨，还有推荐婴儿鞋品牌等，话题千奇百怪。我对这个群真是又爱又恨。

最近几天，我一直怀着巨大的焦虑关注这个聊天群。群里有一个孩子得了癌症。他的母亲请求我们为他祈祷。我既不知道如何祈祷，也不认为祈祷会有什么帮助，但我很想做点什么来拯救这个素不相识的孩子。每次想到他，我就会想起他妈妈发给我们的照片。我觉得我会如此焦虑属实不太正常，不晓得是不是因为荷尔蒙的缘故。

* * *

我必须在一周之内提交奖学金的报告：书稿的头几页

的初稿。但我仍想不起这个项目的重点是什么。我把电脑放在腿上，打开一个旧笔记文件，但这时隔壁的建筑工地开始浇筑水泥，施工的噪声吵醒了西尔维斯特，他开始大哭起来。

* * *

弗洛伊德说，对于婴儿来说，母亲的身体有一部分让他们感觉像是外星物体。

* * *

每天早餐，西尔维斯特会躺在床上全神贯注地观察着从窗帘缝隙透进来的光线，仿佛要试图理解它。

* * *

一开始，我觉得宝宝那些不由自主的微笑显得很奇怪。但更奇怪的是，我发现我每天也会多次无缘无故地、不自觉地笑起来。

* * *

我和我妈妈一起去伦敦旅行时，我把钱包忘在了国家美术馆。第二天，我们回去找钱包时，雨下得很大。在美术馆的出口处，有几个身穿黄色制服的警卫正站在正面的一扇椭圆形窗户下躲雨。他们对我们微笑着。我妈妈拍下了他们的照片，之后几乎按照真实尺寸画出了这一幕场景。那是她最喜欢的画作之一。那幅画后来在地震中裂成了两半。

* * *

西尔维斯特心情很好，他正笑得合不拢嘴。我很想陪他一起玩，但还是把他交给了亚历杭德罗，自己去洗澡了。浴室一直是我在写作之前构思的地方。现在我更是要尽量利用自己的淋浴时间。我试图思考，但这时我发现自己在哼着一首摇篮曲，是我唱给西尔维斯特听哄他入睡的，内容是三只小熊准备过冬的故事。我正想着在水下哼唱有关熊的歌曲显得有些荒谬，这时，我听到远处传来他的哭声。我关上了淋浴头。

* * *

路易丝·布儒瓦[①]的《分娩》是一幅用红色墨水创作的画作：张开的双腿，孩子从中出现，像跳水运动员一样伸展双臂。红色的墨水汇聚成河流。红色的水，像喷泉，也像喷涌而出的鲜血。

* * *

西尔维斯特在夜晚很焦虑。他已经喝完了两侧乳房的奶，但他依然很饿。他不断地在两个奶头之间来回吮吸，直到我重新开始出奶。然后他睡着了。我把他放到床上，关上灯，然后尽量蹑手蹑脚地轻轻上床睡觉。我本想写下这些干扰，写下这种无法写作的困境。我应该把它记录下来。我本该拿起手机，记下这个想法。但手机离西尔维斯特脑袋的位置太近了，我怕一动手机会吵醒他。而且我实在困得要命，所以最后还是选择了睡觉。

---

① 路易丝·布儒瓦（Louise Bourgeois, 1911—2010），也有译作路易丝·布尔乔亚，法裔美国艺术家，以其装置、油画艺术和雕塑而知名。

* * *

我没听说过任何有关分娩或哺乳的歌曲。关于怀孕的倒是确实听到过一些：比如麦当娜的《爸爸不要说教》，以及格洛丽亚·特雷维[①]的《怀孕的女孩》。我朋友曾说怀孕的感觉就像宿醉。特雷维在她的歌中就是这么唱的。

* * *

“哺乳就像一种信仰，”劳拉对我说，“因为我们无法像看着玻璃杯中的水一样清清楚楚地看见整个过程。我们能看见宝宝嘴里剩下的奶，时不时会看见他们吐奶，但你永远无法确切知道他们到底喝了多少。”玛格丽塔·加西亚·罗巴约[②]曾在一篇精彩的文章中写道，乳房应该是透明的。

① 格洛丽亚·特雷维（Gloria Trevi, 1968— ），墨西哥歌手、演员、作曲家。

② 玛格丽塔·加西亚·罗巴约（Margarita García Robayo, 1980— ），哥伦比亚作家。

* * *

现在是凌晨三点。我坐在床上，背后靠着三个靠垫，腿上放着一个哺乳枕。西尔维斯特吃奶 / 喝奶时（我从来不确定到底该用哪个动词来描述哺乳，因为在这个阶段，食物和饮料对宝宝来说是一回事），他会把头枕在我的右前臂上。他边吃边睡，有时会发出些短暂的叹息声。我只有这一个孩子，也没有和很多婴儿共处过，所以我一直以为所有的婴儿都会发出这种声音，但劳拉的宝宝在睡觉时并不会这样。我的乳头现在没有刚开始喂奶时那么痛了。现在，它只在被宝宝吸住的时候会有一点点痛。每次哺乳大约要持续四十分钟左右，所以我得找点事情消遣，以防自己就维持着这个姿势睡着（这种情况过去已经发生过了），然后在几个小时之后醒来时脖子落枕。我用单手拿着手机浏览着。我看到一张照片，是我的朋友画的一幅画：一个裸体女人，两股乳汁从她的乳房中喷涌而出，直接落进两只墨西哥无毛犬的嘴里。这画面让我想起墨西哥公园里的一尊雕像，我一直称其为“奶水喷泉”。那雕像是一名裸身站立的女子，梳着辫子，两只胳膊各抱着一个水罐。我发现雕塑家是 20 世纪 30 年代某个姓乌尔比纳的男子。模特名叫露丝·希门尼斯（Luz Jiménez），一位迷人的人物：她是一名原住民，在 20 世纪中叶曾为无数画家和摄影师做过模特。奥罗斯科[①]、里维拉和莱尔为她画过肖像，爱德华·韦斯顿[②]和蒂娜·莫多蒂[③]为她拍过肖像照。我的视线停留在莫多蒂拍摄的一张照片上，这幅作品名为《露丝·希门尼斯哺乳她的孩子》。

* * *

露丝·希门尼斯，一个梳着长辫子，胸脯饱满，手臂强壮，背脊宽阔的女人。我见过她无数次，但没有认出那是她，是同一个人。她是查普尔特佩克公园的卡尔卡莫雕塑中的水神，是奥罗斯科的画作《家族》中的玛琳切[④]，是爱德华·韦斯顿的照片中那个眼含泪水的女人。

朱莉娅·希门尼斯·冈萨雷斯（Julia Jiménez González）1897 年出生在墨西哥城南部的米尔帕阿尔塔。她从小讲

---

① 何塞·克莱门特·奥罗斯科（José Clemente Orozco, 1883—1949），墨西哥讽刺画画家，曾与迭戈·里维拉（Diego Rivera, 1886—1957）等人一起发起了墨西哥壁画运动。

② 爱德华·韦斯顿（Edward Weston, 1886—1958），美国摄影家。

③ 蒂娜·莫多蒂（Tina Modotti, 1896—1942），意大利摄影师、社会活动家。

④ 玛琳切（Malinche, 约 1500—1529），墨西哥纳瓦族女性，在西班牙征服阿兹特克帝国的过程中，曾任征服者埃尔南·科尔特斯的翻译和中间人。

纳瓦尔特语，跟着她务农的父母学习使用织布机、做玉米饼，并在镇上的乡村学校上学。她在学校里学会了西班牙语。在萨帕塔率军来到他们的村庄之前，她一直过着这样的生活。茱莉娅还记得萨帕塔进入村庄的情景，记得他如何用纳瓦尔特语和大家交谈，从而赢得了所有人的信任与爱戴。然而，联邦军队之后就紧追着这些威风凛凛的萨帕塔军而来，他们四处奸淫劫掠，并杀害了她的叔叔和父亲。朱莉娅和她的母亲逃到了霍奇米尔科。她们去城里卖花和蔬菜，在其中一次旅程中，朱莉娅成了圣卡罗斯学院户外绘画学院的模特。她如何成为模特的细节尚不清楚。有人说，某位画家看到她赢得了“春天少女”的比赛后，邀请她去当模特。也有人说她是在城里闲逛时看到有个广告写着“招聘女性，工作轻松”，于是就来到学院报了名。从此，她凭借自己标志性的辫子和服装特色开始了模特生涯。她会说西班牙语，性格又独具魅力，因此很快就和里维拉、莱尔、夏洛特和西凯罗斯等一众画家成了朋友。她带他们参观自己的村庄，向他们介绍印第安原住民的世界：那个世界与城市文明只有咫尺之隔，却又如此遥远，似乎从未因被征服而改变。在那个时期她起了一个新的名字，此后她的朋友们都用那个名字来称呼她：露丝·希门尼斯。

单靠当模特还不足以维持生计，所以她同时还做了许多兼职，担任过厨师、导游、纺织工，并在弗里达和迭戈·里维拉的家中做家政工等等。画家们对她都很关爱，常常帮助她。里维拉甚至亲自开车送她去米尔帕阿尔塔，待她如待家人一般。画家让·夏洛特①当了她女儿的教父，两人终生保持通信往来。

画家们又把露丝介绍给其他知识分子，很快她也成了纳瓦尔特语教师和翻译，并为语言学家本杰明·李·沃尔夫提供咨询。记者安妮塔·布伦纳出版了一本书，收录了露丝讲述的纳瓦尔特民间故事，有一段录音至今还保存着，其中录下了她用纳瓦尔特语讲的一个民间故事：说的是一个女人在河边被一只鸟啄中胸部，因此而怀孕。

露丝本人只怀孕过一次。使她怀孕的不是鸟，而是一名卫生检查员，但他很快就出轨了，所以露丝从怀孕时就已经是单亲妈妈了。1925年，她唯一的女儿康奇塔出生了。母女俩一起为很多画家做过模特，蒂娜·莫多蒂也为她俩拍了肖像照。随着时光流逝，她年轻时的青春美丽转变成上了年纪之后的端庄质朴之美，但仍令画家们趋之若鹜。在许多肖像画中，她将白发梳成发辫，与她的棕色皮肤形

① 路易·亨利·让·夏洛特（Louis Henri Jean Charlot, 1898—1979），法国艺术家，活跃于墨西哥和美国。

成鲜明对比。这时的露丝已经成了一个传奇，是大师们的御用模特。尽管如此，她仍然没什么钱。康奇塔的第一个孩子出生时，露丝亲自为她接生。她担任模特所拍摄的肖像照中最终只有蒂娜·莫多蒂的部分作品保留了下来。她最终在某次去拍摄的路上出车祸身亡。

* * *

我读到，当婴儿喝母乳的时候，由于真空效应，他的一部分唾液会被乳头所吸收。母体会分析吸收到的唾液，检测疾病，并对应调整乳汁，为其注入抗体。

这种说法有点过分高估了母乳喂养的作用。

* * *

我今天忘了吃早饭。

* * *

艾德里安·里奇也写到过成为母亲所带来的种种干扰和由此产生的零星碎片时光。她说，我们只在这些干扰之间断断续续地偶有启发，应该将它们记录下来。然后，将这些记录分门别类地整理在一起，希望有朝一日我们能够理解其中的意义。

* * *

由于堵奶，我已经发了三天的烧。西尔维斯特喝的比我产出的奶量要少，导致乳管堵塞，并引起了发热。在烧得昏昏沉沉之际，我觉得“乳汁”不是一种物质，而是一种动作。需要通过吸吮动作才能产生乳汁：如果孩子不吸吮乳房，就没有乳汁。乳汁是一种纽带。它就像电力或是磁吸力：是两个个体互相靠近时所产生的一种能量。我读到有些收养孩子的女性甚至能够通过让孩子持续吸吮乳头来产生乳汁。当一个孩子和一名母亲互相选择了彼此，乳汁就会产生。

* * *

几天前，玛丽卡门阿姨来看西尔维斯特。她突然提起，当她还是个孩子的时候，我们的一位舅舅就住在我们现在住的这套公寓里。“就在那个浴室里，”她指着一扇门说，“罗德里戈出事时，他们把我锁在里面，怕我看到事故的现场。”

自打西尔维斯特出生以来，罗德里戈一直在我脑中阴魂不散。他五十多年前就死了，但关于他死亡的回忆始终挥之不去，对我们所有人都是如此：包括他的父亲、母亲，以及家族里的其他女性成员，不管她们是否认识他。家人曾经多次给我讲过他的故事，我对整个过程已烂熟于心：当时，他的父母（他父亲是我外婆的兄弟）正在欧洲旅行，这是他们自两个孩子出生以来的首次旅行。当时，罗德里戈五岁，另一个孩子豪尔赫两岁。孩子们由我外婆和曾外婆照顾，她们当时就住在隔壁房子里。有一天，保姆带孩子们出去散步，突然间所有人都听到一声巨响。我的外婆、曾外婆和玛丽卡门阿姨都跑出去看，阿姨和罗德里戈同龄。一个醉汉在路边撞倒了孩子们。弟弟的伤势看起来更严重，但我外婆不但做过助产士，也是一名护士，她很快意识到哥哥有内出血。她们把玛丽卡门锁在我们现在所住的这套公寓的浴室里，以免她目睹车祸现场。然后大家赶紧赶往医院。大孩子当场丧命，小的伤势严重，做了脊椎手术，但他最终活下来了。

据说，我的曾外婆一辈子都在自责没能保护好孩子们。直到她去世前，每当她想起这件事都会泪流满面。在我外婆生命中的最后几年，当她饱受阿尔茨海默症的折磨时，会看到一个孩子的幽灵。她会问起他：那孩子现在在哪里？谁在照顾他？

我妈妈没见过罗德里戈，但她从此也坚信整个世界遍布危险，甚至人行道和自己家中的角落都不安全。如今，西尔维斯特的出生在我心中唤起了同样的恐惧：那种传承自我的曾外婆、外婆和妈妈的恐惧。我们就住在事故发生的同一个街角啊。每当想起那件事，我就会时不时看见那孩子的脸。我在外婆保存在小箱子里的照片中看见过他的样子：笑得露出缺牙的嘴，头发乱蓬蓬的，细长的眼睛。

罗德里戈的母亲曾说，要不是为了小儿子，她可能会自杀。我会去想这个故事，是因为我相信如果我谨记这个教训，同样的悲剧就不会重演。虽然有时我又会觉得越怕什么就越会来什么，于是我又想方设法要把这事忘在脑后。

* * *

我把西尔维斯特放在腿上，上上下下地抬膝，逗他玩乐。两个朋友来看我，他们聊起一本最近正在读的新小说。我听了好奇，说也想读一下。“现在别读。”他们回答我说。他俩没有解释原因，但我想到了很多可能的原因，最主要的原因可能是书中写到了死去的孩子。他们仿佛知道这些日子以来我要多么努力才能不去想这件事。但我还是忍不住要想。西尔维斯特出生后，我的恐惧无以复加。他那么小，我知道他很坚强，但他看上去如此脆弱。我看哪里都觉得有危险，有威胁。“你应该看看特吕弗①的《柔肤》。”我妈妈说。说得好像我还有时间看电影似的。

* * *

我的脑海中盘旋着一个念头，就是要把这些干扰都记录下来，以免在我得空写作前已经把这些事儿忘了。

* * *

在蒂娜·莫多蒂为露丝·希门尼斯拍摄的一张照片中，能看到露丝从脖子到臀部位置的上半身；一个大约一岁左右的女孩被裹在披肩里，正在从她丰满的胸部喝奶。她把一件宽松的白色上衣从下方掀起来，露出胸部。女孩

① 弗朗索瓦·特吕弗（François Truffaut, 1932—1984），法国导演、影评人，代表作有《四百击》《祖与占》《日以作夜》等。

闭着眼睛。她的头发短短的，又黑又直；耳朵上戴着一个耳环，穿着一件带有圆点的刺绣领白色连衣裙。“从耳环的工艺类型来看，我们能看出这是一个土著女孩。”一位艺术评论家说道。女人的手臂上搭着一条披巾，双手交叠在一起，怀里抱着婴儿。从照片中看不到她的头部，照片的主角也并不是拍摄对象本身，而更像是在描绘一种抽象的概念：哺乳的行为概念。从怀孕到断奶，是从女性身体中导出生命的一系列连续过程。可以这么说：即使在分娩后，当生命已经诞生；在哺乳的时刻，女性仍在赋予生命——用她自身的生命、她的时间、她的怀抱、她的胸脯、她的力量，来为另一个人付出。有一长串的形容词可以用来描述哺乳的时刻：痛苦、快乐、疲惫、振奋、可怕、奇怪和美妙。蒂娜·莫多蒂在这张照片中所捕捉到的，正是这个赋予生命的瞬间。

摄影师还拍了另一张照片，与第一张几乎一样，只是略有差别。这是一张从更近处拍摄的特写。在这张照片中我们不再看到上衣和手臂，只能看到乳房和小女孩的头。在这张照片中，小女孩的眼睛半睁着，似乎即将入睡，正处于婴儿喝奶时的那种恍惚状态。这一次，小女孩把她的小手放在母亲的胸前。这是婴儿常见的动作，他们会在喝奶的时候抚摸乳房或是玩弄它。这是这次夜间研究中我第二天还记得的最后一件事：那个女孩的手。我肯定在那不久之后就睡着了。

* * *

治疗涨奶的方法是把冰凉的卷心菜放在胸部。卷心菜的形状类似乳房的内部结构。“可以就此写一首诗。”劳拉告诉我。我告诉她我不写诗，但她不相信。

* * *

亚历杭德罗和我正在翻译里夫卡·加尔琴[①]的作品《小小的劳作》，这是一组关于婴儿的短文。亚历杭德罗说，这本书与我们的经历如此契合，看起来反倒像里夫卡在翻译我们。

书中有一个片段，与我写的关于《弗兰肯斯坦》的篇章几乎一模一样。该书同样把怪物比作婴儿，把弗兰肯斯坦比作母亲。作者也列举了玛丽·雪莱失去的孩子，并

---

① 里夫卡·加尔琴（Rivka Galchen, 1976—　），加拿大裔美国作家、《纽约客》记者和撰稿人，代表作有《所有人都知道你母亲是巫婆》《美国发明》等。

提到她母亲在分娩时去世的情况。几周后，我看了一部澳大利亚的连续剧，是一部关于母亲的喜剧作品，其中同样提到了弗兰肯斯坦。在书写母性议题时很难做到独一无二。我们人数众多，各自的经历大相径庭，但又殊途同归。

* * *

“你们这么长时间以来一直亲密无间地在一起，等你儿子开始上学后，感觉一定很糟糕。”我表妹说。

“确实很可怕，”我妈妈也附和道，“但那种感觉也就几天而已。之后你就会因为能够独处而感到巨大的快乐。”

* * *

艾德里安·里奇将母乳喂养比作性行为。她说，母乳喂养同样可能会紧张、痛苦、充满不适、让人产生内疚感；但它同时也可能是愉悦的，是一种本质上令人感到舒适的经历，充满温柔和感官享受。

* * *

《神的分娩》这幅画作的主体是一名裸体女性，她的脸一半是黑色，一半是白色的。画面的背景是星系、恒星和行星所构成的外太空。这名女性正在分娩。婴儿的头部已经露出。在她张开的双腿下方，有一条标语写着“神正在分娩”。

画家莫妮卡·舒厄[①]展出这幅作品时，她居住的英国小镇的镇长威胁要以亵渎和猥亵罪起诉她。他在全镇禁止她的画作展出。这种恐吓的气氛令她感到窒息。当时，舒厄正在哺乳她的第二个孩子。

* * *

我妈妈的画作《紧急情况》在地震后几乎完好无损。这幅画以近乎超现实主义的细节，细致入微地描绘了一块破碎的玻璃。

---

① 莫妮卡·舒厄（Monica Sjöö, 1938—2005），瑞典画家、作家、女权主义者，她长居英国。

* * *

有一个应用程序可记录我每天、每侧乳房哺乳的时长。据统计，我每天平均要哺乳八个小时。相当于一个工作日。

* * *

我在宝宝睡觉时写作。在他进食时阅读。我读那些薄薄的、可以用一只单手拿着的小开本书。我抱着他时在手机上记笔记，之后再根据这些笔记开始写作。

* * *

每当西尔维斯特哭泣时，我都会感到内疚，不管他哭的原因是什么。是我们决定把他带到这个世界上来的，我感觉我们有责任令他幸福，不惜任何代价。他没有要求出生：是我们想要他出生。我们有责任至少使他在生命初始的这个阶段过得有价值。聊胜于无。“我有了孩子，因为生命总好过虚无。”玛丽·达里厄塞克在《婴儿》一书中写道。

* * *

小时候，我总是第一个在睡衣派对上睡着。我害怕熬夜，因为我只要一缺觉就几乎必定会头痛。多年来我一直保持着良好的睡眠，如今却天天睡眠不足。夜里，我在手机上读一本我很喜欢的艾丽丝·门罗的小说，但我太累了，到早上就几乎什么都不记得了。

我外婆后来不再接生的原因也是因为她讨厌熬夜。她喜欢早睡早起。她每天早上五点起床，晚上九点就上床睡觉了。但分娩通常都在晚上发生。糟糕的睡眠时间使她最终精疲力竭。

* * *

温尼科特①说，婴儿刚出生时头几天的活动包括“为做梦收集素材”。

---

① 唐纳德·温尼科特（Donald Winnicott, 1896—1971）英国著名儿科医生和精神分析学家。

* * *

我用右手拿着一本翻开的书，左手把吸奶器放在我的右乳头上。每当西尔维斯特看起来要醒时，我就用脚轻推他的摇椅。我已经彻底重新定义了“一心多用”的概念。

* * *

在我的整个童年时代，我妈妈一直是一名抽象画画家。每当有人问我她画什么时，我都会充满自豪地回答：“抽象画”。

* * *

玛格丽特·德拉布尔①写道，有时，她会觉得拥有自己生命的小小延续——一个婴儿，似乎是一件很荒谬的事。

① 玛格丽特·德拉布尔（Margaret Drabble, 1939— ），英国小说家、传记作家，代表作有《金色的耶路撒冷》等。

* * *

我不知该如何看待对乳汁的崇拜。有一本关于母乳喂养的书把乳房描述成完美的容器：密闭、直接传输、直接从源头获取，是最纯净的饮用方式。哺乳聊天群里的有些女性认为一切问题都可以用母乳解决。宝宝眼睛发红？滴几滴乳汁。鼻子堵了？往每个鼻孔里滴一点点乳汁。

* * *

我有两个小时的时间可以用来写作。我妈妈来照顾西尔维斯特几个小时，只有在他饿了的时候才会来叫我。我正在誊写这些笔记的时候，她过来告诉我西尔维斯特肯定是在胃食管反流。他躺着的时候吐了一点奶，这说明确实有反流的情况。难怪他看起来不开心。她让我继续工作，但我已经忘了自己之前在做什么了。

有时候，我会深深地羡慕那些给孩子喂奶粉的女人。

* * *

几年前，我妈妈和我阿姨有一次来纽约看我。一天早上，我们乘火车去了迪亚比肯美术馆[①]。我们在哈德逊河沿岸欣赏河水冻结时的美丽风景，然后去了里希特斯展厅，看到一些巨大的画作：单色、反光、近乎蓝灰色，就像冻结的哈德逊河的颜色。我们三个人坐在长凳上观赏这些画作，我妈妈拍下了我们在画中的倒影。几个月后，她决定用画笔绘制那张照片，重现那种朦胧的、幽灵般的倒影。这是她第一次给我画像。她给我打视频电话，研究我的目光，因为从照片中无法捕捉到它。这种感觉很奇怪，就像有人在透过你看着另一个人；就好像你是透明的一样。这幅画是我妈妈在那位收藏家去世后画的。她用它来抵税；画作因此在地震中得以幸免于难。

*　*　*

据说，母乳喂养时释放的催产素会在哺乳动物的大脑中放大婴儿的哭声。这哭声会引发大脑最原始区域的本能反应，可能会导致抑郁和精神疾病。

现在，在早上亚历杭德罗照顾西尔维斯特的那几个小

① 迪亚比肯美术馆（Dia: Beacon）位于美国纽约州比肯市哈德逊河畔，于 2003 年开放，收藏了迪亚艺术基金会从 20 世纪 60 年代至今的艺术收藏品。

时里，我会戴上耳塞来改善睡眠，因为只要听到任何类似哭声的声音，甚至街上其他小孩子的哭声，我都会备感焦虑并惊醒。但我即便睡着了，休息得也不好，因为现在我会梦到宝宝在哭，却找不到他来喂奶。

* * *

昨天，西尔维斯特每两个小时才醒一次。我说“才醒一次”是因为尽管这听起来不怎么样，但实际上已经是一大进步了。我很喜欢珍妮·奥菲尔[①]的小说《投机部门》中的一段描述，其中主角批评了“睡得像个婴儿”这种说法。她在地铁上听到一位女士说这句话，心想，她真想躺在她的床边，在她耳边喊五个小时。

* * *

我又回到妇科医生的诊所，检查产后会阴撕裂的恢复情况。我妈妈陪我去，在路上帮忙照顾西尔维斯特。这段路要开四十五分钟，每当遇到交通堵塞时，西尔维斯特就

---

① 珍妮·奥菲尔（Jenny Offill, 1968—　），美国小说家、编辑，著有小说《投机部门》（*Department of Speculation*）等。

会开始沮丧地哭泣。他想要车子动起来，这样他才会感到开心，或是能够入睡。我决心换一位没那么讨人嫌、诊所离我家也能更近一些的医生。但我觉得至少该让现在这位医生来检查他自己之前做的工作。我妈妈和西尔维斯特留在候诊室，我则带着难以言说的恐惧走进办公室。几天前的一个晚上，我梦到医生们把我的阴道完全缝合了。我按照护士的要求，脱掉腰部以下的衣服，除了袜子，然后坐在检查椅上。“医生马上就来。”护士说。门上贴着一张海报，展示着哺乳的正确姿势。我努力集中注意力看着这些图片，同时感到一阵寒意；我试着深呼吸来放松。医生走进来，戴上手套，手套在调整时啪嗒作响。“会痛吗？”我问。其实我也不太清楚自己具体指的是什么。他说我会感到有点冷，然后会有一点轻微的刺痛。很难想象还会有比我经历过的分娩更强烈的疼痛，但我还是莫名地感到害怕。

“一切都很好，”医生说，“都很正常。”然后，他说我可以穿好衣服了，他会在办公室里等我。他问我有没有不适。我提到有几次疼痛的情况，他不以为然。“除非血像打开的水龙头那样止不住地流，你才需要给我打电话。”他说。然后，他好奇地问我分娩持续了多长时间，仿佛之前给我接生的是另外一名医生似的。“凌晨一点半水破了，下午六点，宝宝出生了。”我回答说。然而，这不是他想要的答案，他说我们都理解错了他的问题。“你几点到医院的？”“上午十一点。”“然后孩子是下午六点出生的？”“没错。”“那时间挺长的。”“挺长的。”我附和着说。然后，在一阵沉默之后，他忽然告诉我，他要搬到普拉亚德尔卡曼[①]去了。有人请他去那里的一家新诊所工作。他会在那里带学生，住在海滩边。“你的女儿们留在这儿吗？”“女儿们留下来。”他回答说。“为什么要走？”他说，之前和另一家医院之间的纠纷令他感觉不好，他想重新开始，过一种新的生活。他下周就离开了。如果我明年还想找他的话，他每个月还会回来这边坐诊一次。“一定一定。”我几乎非常高兴地撒谎道。

* * *

我的奖学金导师拒绝了我修改项目的要求。主题的变化过于剧烈，新的项目——这本书——完全是另外一回事。“但是分散一下注意力，想想别的事情，对你会有好

---

① 普拉亚德尔卡曼（Playa del Carmen），墨西哥东南部城市。

处。”导师说。

我只得放弃。如果要完成原来的议题，我得去查阅博士论文、复印资料、参观展览。但要出门实在太困难（再加上西尔维斯特在车里表现很差，他总想喝奶，很多地方没有适合哺乳的场所，或者非常不方便；同时，带着他和婴儿车出门也很困难，等等）。我能写作的时间那么少，只能编造。我别无选择。我参考旧照片和笔记，想象自己穿越时空，仿佛我有无限的时间，可以在不同的时空中独自一人漫步周游。我儿子正在把我变成我从未想过要成为的角色：一名小说家。

* * *

我妈妈和我阿姨都在生产后带着孩子和我外婆一起住了一年。外婆会照顾她们，帮助她们度过产后初期的那些漫漫长夜。我阿姨说，外婆照顾孩子时，她比自己照顾都更放心。我感觉我的儿子也是为她们而生的：为了我妈妈、我阿姨和我的外婆。就像某种祭献：我的孩子因她们而生，为她们而生。因为我知道她们永远会无条件地支持我。

* * *

1927年，蒂娜拍摄的露丝和康奇塔的摄影系列作品中的另一组照片展示了这样一个故事：相机对焦距离很近，照片中只能展示她们的头部和上半身的一小部分。其中一张照片中，母亲正在向孩子解释两人正在观察的物品。两人都低着头，目光聚焦在同一处，但从照片中看不到她们正在注视的物品，只能看见露丝嘴唇微张，似乎正在说话。在另一张照片中，母亲仍在讲话，孩子则在观察自己的小手中所拿着的某个物件，那东西又圆又扁，也许是一枚硬币。也许母亲正在解释硬币是什么。也可能是在告诉孩子不要把硬币放在嘴里。在第三张照片中，小女孩严肃地看着相机的镜头，看着蒂娜。蒂娜可能正在对她说话。相反，露丝则将目光投向了别处，仿佛正在思考其他事情。

* * *

生育的经历令我失去了所有的羞耻感。所有人都已经见过我身体最脆弱的状态、最丑陋不堪的转变了。如今，这些身体的分泌物、身材的走样和变化都不再令我害臊。

在公共场合公开哺乳也不会令我感到不适，除非我知道周围的人感觉不自在。

“去它的婴儿吧，”喜剧演员黄阿丽[①]在她的脱口秀表演中曾说过，“女人生完孩子后需要休假，不是为了照顾婴儿，而是为了治愈和修复自己支离破碎的身体。”

* * *

当宝宝感到饥饿的时候，他更像一只小动物。他会张大嘴，摇晃着脑袋，就像某种爬行动物：一条小龙。

* * *

从我出生到我两岁之间的这两年，我妈妈全心全意地照顾我，完全停止了自己的创作。“我连笔都没有拿起来过。”如今，她跟我说她做得也许有些太夸张了。但我觉得她内心深处希望我也能够这样做。

---

① 黄阿丽（Ali Wong, 1982—　），美国亚裔脱口秀明星、演员，参演过电视剧《怒呛人生》等。

* * *

有时候，西尔维斯特会趴在我胸口上睡觉。他喝奶喝到一半就困了。他不肯让我把他放回摇篮里，也不肯睡在床上。于是，我只好仰面朝天地躺着，把他放在我的胸口上，他就这样睡着了。我能感觉到他的心跳，仿佛他又一次回到了我的子宫中，他的心脏在我的身体内跳动。

* * *

十年以前，迭戈·里维拉博物馆举办过一场露丝·希门尼斯的专题展，这也是迄今为止唯一的一次。一天早上，我妈妈陪我一起去博物馆索要一份当时的展览目录。这也是我第一次带着西尔维斯特出门那么长时间。此刻仍是冬天，天气寒冷，但走在阳光下还是挺暖和的。负责制作展览电子目录的阿尔弗雷多接待了我们，他让我们坐在阳光下的长凳等他去取目录回来。这时，西尔维斯特开始饿得直哼哼。我解开衬衫，一边抱着他一边喂奶。

带着存有电子目录的 CD 回来后，阿尔弗雷多邀请我们在博物馆里转一圈，看看迭戈的工作室，他那些巨大的纸板人偶，还有弗里达的小房间。但西尔维斯特还在吃奶，于是我让其他人先走，告诉他我等宝宝吃完再去跟他们会合。西尔维斯特吃着吃着就睡着了。而我不想吵醒他。随着时间的流逝，洒在我们身上的阳光也在向左移动。我也随之朝左挪动，让阳光能够暖暖地照在他的身上，但不会直接晒到他的脸。长凳没有靠背，我的背开始痛了。待西尔维斯特醒来后，我试着加入其他人的参观队伍。但当我们走到看起来像在漂浮的楼梯——建筑师奥格曼[①]的标志性设计——那里时，他开始哭了起来。于是我只得匆匆和大家告别了。

* * *

关于婴儿是什么时候意识到自己的身体和母亲的身体并不相同的，各种理论众说纷纭。而我则自问，母亲又是从什么时候开始不再觉得孩子的身体也是她的呢？婴儿在你的身体之外，但他来源于你，由你而生，因此他仍然是你的一部分。这种感觉要到何时、到什么程度才会结束呢？

---

① 胡安·奥格曼（Juan O’Gorman, 1905—1982），墨西哥建筑师、画家。

* * *

半夜里，家中一阵摇晃。地震警报响了。我抱起西尔维斯特，我们三个一起跑了出去。震动不算很强烈，但我们依然备受惊吓。我们等在楼下，等地震过去。天很冷，一位邻居脱下自己的外套给西尔维斯特盖上。直到我们确认地震已经过去了，我才把外套还给她，然后重新上楼回家。西尔维斯特在这整个过程中一直没有醒过。

* * *

玛格丽特·阿特伍德写过一个关于分娩的故事，写得像一篇恐怖小说，那种紧张的氛围让我们感觉有什么可怕的事情马上就要发生。实际发生的事情正是分娩本身：一个巨大的婴儿，就像一块巨石一样，把女人的骨骼撬开，仿佛在撬开牢笼的栅栏。它把女人从里到外完全翻转开来。作者是在自己的女儿午睡时写下这个女人的故事的。

* * *

我想写下西尔维斯特和书的故事。我现在有十五分钟时间来写西尔维斯特和书的故事，因为我妈妈会来照顾他。但她到的时候西尔维斯特饿了；之后我又去了趟洗手间；而现在，我妈妈又得走了。我试着尽快写下这个故事。西尔维斯特快满三个月了。人们说，在这个年纪，他看东西会清楚很多，能听到的也更多；所以如今一切事物都很容易引他分心。当喝奶的时候，他会突然松开嘴巴，盯着灯或墙壁。而最令他分心的东西之一就是书架。他会花好几分钟的时间盯着书本看（对他来说，能集中精力这么长时间已经很不容易了）。我想知道他看到了什么：这些书在他眼中是不是一个整体，就像虫子或是手风琴一样。他也开始会抓东西了。他第一次玩一本布做的书，发出一种像揉捏糖果包装纸一样的声音。他用手抓着那本书，又挤又捏又咬。我很喜欢他和书之间这种单纯的视觉、触觉和物质感官的关系。我真希望自己能像他一样地来看这些书，哪怕只有一秒钟也好。

* * *

为了使西尔维斯特不再对汽车如此反感，我们在车上给他播放童谣。唯一能分散他的注意力、真正讨他喜欢的专辑是一张墨西哥传统歌曲的唱片，是孩子们用他们高亢、跑调的声音演唱的。

我们刚从儿科医生那里回来，路上很堵。我们在车上听完了整张专辑。当我们下车时，亚历杭德罗问我为何所有的墨西哥儿童歌曲都提到了死人。罗萨里奥·卡斯特拉诺斯专门为此写过一篇文章。她说，墨西哥的孩子把死亡视作自己的一个玩伴。孩子们听着讲述死亡的摇篮曲，一开始是出于恐惧、出于逃避而入睡。但最终，死亡对他们来说变得如此熟悉，他们甚至可以轻松地拿它打趣。

* * *

许多年前，我读过瓦莱里娅·路易塞利[①]的《失重》。书中有一段关于长篇小说的描述让我记忆犹新。作家有两个孩子，她说孩子们让她连喘口气的时间都没有。所以她写任何东西都必须是“一气呵成”“一口气写完”。

* * *

在地震中彻底消失的画作只有一幅：那张肖像画上是

---

① 瓦莱里娅·路易塞利（Valeria Luiselli, 1983— ），墨西哥裔美国作家，著有《我牙齿的故事》《假证件》等，《失重》（*Los Ingrávidos*）的中译本书名是《没有重量的人》。

我妈妈正在把另一幅画送给她的收藏家的画面。母亲仿照中世纪画作的风格绘制了这幅画：那时，艺术家会用这种方式向他们的赞助者致敬，并题词感谢他们。她说，那幅画可能被收藏家拿走了。也可能是我在地震后把它拿走了。

* * *

西尔维斯特晚上几乎每个小时都会醒一次。亚历杭德罗打算在几分钟后带他出去，好让我能不受打扰地睡一会儿。但我打开灯，看着他边笑着边握住自己的脚，发出兴奋的声音。这时他一天中最美好的时光。

* * *

亚历杭德罗告诉我，智利有些地方在新生儿去世后会举行小天使的守灵仪式，因为这些孩子会直接升入天堂，为家人寻求庇佑。家长不能为这孩子而哭泣，不然他的升天之路会变得更艰难。维奥莱塔·帕拉[①]在《小天使的光

---

① 维奥莱塔·帕拉（Violeta Parra, 1917—1967），智利音乐家、作曲家和歌手。

环》这首歌中曾提到过这些死亡。“当肉体死亡/灵魂在高处寻找/生命的解读/如此仓促地中断。”维奥莱塔在她女儿去世前写下了《光环》一曲。她女儿只活了九个月。她还为她女儿写过另一首歌:《为死去的女孩所写的诗》。一想到那种巨大的悲伤,我几乎都无法写下这段话。每当我听到这些歌曲,都会感到悲痛欲绝。她的苦难和悲痛将会留存于历史之中。

* * *

我每天都会有好几次想要给西尔维斯特断奶。最近我的胸部火燎燎地痛,而且我很疲惫。我外婆在我妈妈三个月大的时候就给她断奶了。我妈妈则在我八个月大的时候给我断了奶。如今,医生建议母乳喂养一年,甚至最多两年,如果可能的话。我不知道我能否做到。

亚历杭德罗告诉我有一部小说,通篇都发生在一个男人给他的孩子用奶瓶喂奶的时刻。我想,如果我给西尔维斯特断奶,我们还是会继续彼此相爱的。我们会找到其他彼此相爱的方式。就像我外婆和我妈妈、我妈妈和我。我们都找到了其他的彼此相爱的方式。批评那些不进行母乳喂养的女性是一桩愚行;不管她们出于什么原因做出了这样的决定。我们甚至也不该批评艾丽丝·门罗笔下的那个角色：一个在哺乳时吸烟的女人。她这样做是为了让自己感觉不那么像一个动物。

* * *

丹妮拉·雷亚[①]的日记中的这个片段真美："你几乎睡了一整夜。我的乳汁洒落在床单上。留下的印痕看起来就像一张旧地图。"能睡上一整夜，多么令人嫉妒啊。

* * *

我妈妈的男友和我阿姨陪她去看医生。她的肋部已经疼痛好几个月了。如今，她几乎都不能走路了。他们花了很久才到医院。

与此同时，亚历杭德罗、西尔维斯特和我在和我们的一位哥伦比亚朋友和她的孩子们共进午餐。阿隆德拉与她最好的同性恋朋友和他的男朋友一起生活了六年。她怀上了其中一人的孩子，但不知道是谁的（她也不在乎）。她

---

① 丹妮拉·雷亚（Daniela Rea, 1982—　），墨西哥记者、纪录片制片人、作家。

生下了一对双胞胎，五个人一起住在纽约。这天她带着双胞胎来墨西哥。

我阿姨打来电话，没有多加解释，只让我赶紧过去。我把一切都丢下不管了：我朋友、西尔维斯特、亚历杭德罗，还有刚送到的三大盒披萨。

检查发现我妈妈的卵巢中有一个两厘米的肿瘤。我妈妈哭了。不是那种撕心裂肺的哭泣，只是静静地流泪。我忍住想哭的冲动，说我们现在就去看肿瘤科医生。预约诊所的时候，我去找了亚历杭德罗和西尔维斯特。我很遗憾只能这样匆匆忙忙、脸色难看地向我的朋友告别了。

我们的血肉之树

一部关于儿童发育的纪录片里提到，婴儿需要父母保持心情快乐。

我刚收到通知，妈妈必须住院。我一边陪西尔维斯特玩，一边想着：婴儿需要快乐的父母。

* * *

夜里，我梦到我出生时的那个黎明。那不像是个梦，更像是在精疲力竭之际，一种半梦半醒时的幻觉。我感觉房间里的黑暗就像子宫的黑暗。而我变得非常非常小。身下的床就像一双手，在我走向另一种黑暗之际托住我的身体。

* * *

我很喜欢里夫卡·加尔琴在《小小的劳作》一书中提到的这一段话：婴儿确实给了你一个活下去的理由。但他们也是你不能死去的理由。婴儿禁止你死去。有时候这种感觉并不好。

* * *

我的脑海中时不时浮现出《哭泣的女人》这首歌。根据传说，哭泣的女人是一名混血女子、一位失去了孩子的母亲。她在街头哭叫着“哎呀，我的孩子们！”。但在我的想象中，这首歌更像是在描述一名频繁哭闹的婴儿。我会这么想，也是因为这句歌词：“哭泣的女人，我已经给了你整个生命。你还想要什么？你还要更多吗？”这句描述，“给予生命”，可以理解为分娩，也可以理解为献出自己的生命。我经常想到《哭泣的女人》这首歌，尤其是这句歌词的另外一种变体：“哭泣的女人，我爱你胜过爱自己的生命。你还想要什么？你还要更多吗？”

* * *

拍摄露丝·希门尼斯给康奇塔哺乳的系列照片时，蒂娜·莫多蒂年仅三十一岁。她在五年前跟着自己的丈夫鲁贝·德·阿布里·里奇来到墨西哥。但鲁贝（大家叫他鲁伯）几乎刚到墨西哥就去世了。于是蒂娜离开了，回到了她的爱人、摄影师爱德华·韦斯顿身边。蒂娜曾在意大利的一家纺织厂工作，之后举家移民到美国。她在美国当过模特和演员，也是在那儿认识的爱德华·韦斯顿。两人决定一起逃亡墨西哥，当时那里正处于后革命时期的激昂状态。

从韦斯顿为蒂娜拍摄的肖像以及她的自画像中，都可以明显看出蒂娜那种以“祸水红颜”而著称的美貌。蒂娜曾是韦斯顿的学徒，但很快她就摆脱了韦斯顿那种庄重的美学标准，转向了纪实摄影。在拍摄露丝·希门尼斯哺乳康奇塔的系列照片时，她已经是个纪实摄影师了。在这之后过了几年，她决定放弃摄影，投身于政治斗争之中。

蒂娜的子宫有问题，因此她始终无法怀孕。在她拍摄这些亲子照片时，镜头后的目光是渴望，还是释然？我们无从知晓。但毫无疑问的是，从照片中能看出她的好奇心。1929 年，她拍摄了一名怀孕的墨西哥妇女，她的一条手臂中还抱着一个赤裸的孩子。1930 年，她拍摄了一张非常类似的照片，这次是一名怀孕的德国女子，同样是单手抱着一个女孩。和露丝·希门尼斯的照片一样，在照片中我们看不到母亲的脸。而在这两张照片中，我们也看不到孩子的脸。她所感兴趣的，同样是照片中所展示出的姿态、身体接触、力量、舒适感、安全感、母子之间紧密的身体联系（双重意义上的母亲，因为照片中的女子还怀着孕）所带来的亲密与疲惫。

* * *

我们带着孩子们聚在劳拉家里。宝宝之间依然没有太多互动，但现在他们会好奇地长时间互相打量对方。劳拉告诉我，她儿子终于可以连续睡满七个小时了。我听了真是嫉妒得要命。看着两个宝宝都执着地啃着自己的手，我们都被逗乐了。劳拉告诉我她儿子现在已经会自己拿着奶瓶了。现在，她可以每周晚上自己出去跳一次探戈。

劳拉通过传言得知了我们的产科医生搬去普拉亚德尔卡曼的真正原因。她的一个朋友的朋友生了个孩子，是这个医生接生的，但在分娩过程中孩子死了。医生没有及时检查，所以没发现婴儿的脐带绕颈了。我绞紧双手。“不是说婴儿被脐带绕住也没事的吗？不是说婴儿出生时，脐带会自动解开的吗？”我问劳拉。产前课程上的老师就是这样告诉我的。他们说绕颈有危险这种说法是医院为安排更多的剖腹产编造的一个谎言。劳拉说她本来也是这么以为的。但也许产前课程的说法是错的。或者也有可能孩子是因为其他原因去世的。她说，婴儿死亡的时期正好与那个医生离开医院的时期相吻合。就在劳拉生产的几周前。她的孩子比西尔维斯特早出生三周。这名医生突然更换医院、搬去普拉亚德尔卡曼的整件事情听起来就像逃跑。我顿感惊怒交加。我告诉劳拉我感到后怕无穷。尽管孩子们如今好端端地在这里，我依然会害怕。我害怕那些没有发生的事，害怕那些可能会发生的事。

我们都陷入了沉默。我回想起自己的分娩，想到直到怀孕结束都没有做超声波检查。那可能会是我的孩子。我想象死神就这样静静地坐在产房里来来往往的医生和护士中间，近在咫尺，近如生命，近如一个玩伴。

我害怕西尔维斯特在任何时态下受苦：现在时、将来时、过去时，甚至包括过去将来完成时，我害怕他有可能会遭遇苦难。

* * *

“如果我死了，我也会先把后事都安排好。这没什么大不了的。为了不让我女儿伤心，我会努力活下去的。”我妈妈在医院里说。

* * *

在蒂娜·莫多蒂由露丝·希门尼斯拍下那组照片十年之后，蒂娜的朋友弗里达·卡罗创作了《我的奶妈和我》这幅画。一个身材魁梧、肤色黝黑的女人戴着黑色的面具，正在给一个小女孩哺乳。女孩长着弗里达成人之后的脸。乳汁从两个乳房中流出，其中一个乳房的腺体是透明的，就像一簇白花。天空下着一场牛奶般的淡雨，落在绿叶上，也落在那片白色的叶子上，它带着乳白色的汁液。

弗里达·卡罗的母亲无法亲自用母乳喂养她，因为弗里达的出生只比她姐姐克里斯蒂娜晚十一个月。因此，弗里达小时候是由一位土著奶妈喂养的。弗里达曾在一次采访中分享过这则轶事，这幅画就是由此诞生的。弗里达本人从未哺乳过，因为她所有的怀孕都以流产告终，这是她人生中最惨痛的经历之一。

画中的土著女性没有脸，因为她代表的是一种抽象的概念：墨西哥的土著文化。弗里达一生都从这种文化中得到滋养。

她没有脸，因为弗里达不记得喂养过她的那位土著女子的面容。她代表的是那一类默默无闻的母亲。

她戴着面具，隐藏了面容，也是因为她代表着科亚特利库埃[①]，母亲神，大地之神。她哺育了在夜空中闪耀的群星，仿佛她的乳汁之雨。

她没有脸，因为生命和死亡都没有固定的形貌。

* * *

婴儿刚出生时是没有眼泪的。在出生后的头几个月，他们哭泣时不会流下泪水。也许是因为他们哭得太多了，如果一直流眼泪，会导致浑身湿漉漉的很不方便。而我发现这种干哭更令人揪心。

* * *

墨西加人相信，在出生后的头几个月就死去的婴儿会升上天堂，他们的天堂中有一棵用来哺乳的树，树叶上流淌着乳汁。《佛洛伦萨手抄本》中写道："据说，死去的孩子们就像玉石、绿松石、宝石一样珍贵。他们不用前往阴森恐怖的亡者国度（米克特兰[②]），而是会前往托纳卡特库

---

① 科亚特利库埃（Coatlicue），阿兹特克神话中孕育月亮和星星的女神。
② 米克特兰（Mictlán），阿兹特克神话中的地狱。

特利[1]之家；在那里，我们的血肉所构成的生命之树庇护着他们。他们吸吮着以我们为养分的花朵，生活在我们的血肉所构筑的生命之树旁边。他们也吸吮那棵树。”

我们的血肉之树。我们以自己的血肉构筑的生命之树。

* * *

怀孕前几个月，我成了素食主义者。这并不是事先规划好的决定。我是在读了些关于屠宰业是如何影响生态环境、造成悲剧的文章之后，开始回避吃肉，反正我也并不是特别喜欢吃肉的人。之后，我渐渐开始对吃肉的想法感到反胃。这样过了几个月后，有一天我意识到自己已经变成素食主义者了。我从不认为素食者就比肉食者更加道德高尚，这个决定对我来说是非常私人的。但我必须承认，当我怀孕时，想到构成西尔维斯特身体的成分并非来源于动物尸体，这个想法令我很满意。至少在他生命最初的几个月中，让他能够远离死亡和暴力，这种想法中具有某种象征意义和迷信的色彩。

实际上，只吃蔬菜对我来说也不难。我妈妈从小就是

---

① 托纳卡特库特利（Tonacatecuhtli），阿兹特克神话中掌管生育和创造的神。

素食主义者，她从没给我煮过肉菜。我会在其他场合吃肉，比如在我外公家或在我朋友家。但我们家从来没有烧过肉。

那天，当肿瘤科医生告诉我们母亲患有肿瘤的消息时，我阿姨的第一反应就是愤怒地质问："她可是素食主义者啊，为什么还会得癌症？"

* * *

我妈妈不让我们带西尔维斯特去医院探望她。不仅仅因为那里到处弥漫着病菌，也因为那地方的氛围。"小孩子不应该去医院。"她说。

婴儿需要快乐的父母。

于是我只能独自一人进入医院，还要时不时地出来给他喂奶。与此同时，亚历杭德罗则等在附近的餐厅里并照顾宝宝。

* * *

阿尔弗雷多给我的展览目录的电子文件中，有几篇关于露丝·希门尼斯的文章，一套以她为主角创作的画作及摄影作品的合集，还有一个介绍露丝生平的视频。在视频的结尾出现了一系列的图像，其中许多已在图片合集中出现过，但也有一些不同的图像。看到其中一张黑白照片时，我暂停下视频仔细观看。这张照片拍摄了三位女性：一位是露丝·希门尼斯，她赤身裸体，目光锐利，一条辫子垂在肩上；画面的右上角是另一位女子，一个神情恍惚的老妇人，我猜她是露丝的母亲。而在画面的中心位置，在露丝的怀中，则抱着一个刚出生的婴儿，头发黑黑的，娇小可爱。黑白的色调、磨损和反光使整张照片看起来仿佛笼罩在某种幽灵般的雾气中，使照片上的人看起来像是三个鬼魂。我猜想这可能是分娩时拍摄的照片，因为露丝赤裸着身体，孩子也很小。这一刻正是如此地不真实，如此地游离于生死之间。这正是分娩时的感觉：仿佛打开了一道介于阴间与阳间、介于生命与死亡之间的门槛。

视频中没有为这张照片标注出处。我也无法联系到露丝·希门尼斯的外孙来帮我辨识照片中这些人的身份。尽管我问过阿尔弗雷多，也问过我认识的其他艺术和摄影史学家，但没有人知道如何联系他，也没有人能够帮我确认这张照片的出处。

照片中的露丝如此专注地注视的对象是谁？她不是在看孩子的父亲，因为他那时已经不在场了。那当时在这三个女人面前的人是谁？谁是见证人？镜头后的人会是蒂娜吗？

* * *

“在婴儿出生后的头一年，我写的任何东西听起来都像婴儿不停歇的哭喊。”艾丽丝·沃克[①]说。

* * *

这些天我可能是因为哺乳时释放的内啡肽而感到如此快乐。即使当我实际上非常悲伤或愤怒的时候，一部分的我依然心情愉快，有时甚至莫名其妙地就觉得开心。会有这种仿佛完全人格分裂一样的时刻。

* * *

我改主意了。在《小小的劳作》一书中，我如今最喜欢的是这个篇章：“和婴儿在一起，有时，时间的流逝变

① 艾丽丝·沃克（Alice Walker, 1944— ），美国作家和社会活动家，代表作有《紫颜色》等，曾获普利策小说奖、美国国家图书奖。

得格外漫长。”这个章节中写道：“如果你发现你能与黑猩猩交流，你会放弃这种能力吗？还是花费你几乎所有的时间和其他的物种共同度过？”

* * *

我在网上查找那位妇科医生的信息。我想看看是不是能找到一些投诉或指控的记录，却意外发现了他的推特账户。这个账户还比较新，大约有二十来个关注者。账号发布的内容主要涉及三个主题：佛教、他女儿的照片，以及他接生的照片。所有内容都打满了标签，比如：“#爱是真实的 #爱与同情 #不要害怕改变 #巨大的机遇存在于日常之中 #热爱今日”。我把这个页面拿给亚历杭德罗看。他立马翻到了西尔维斯特出生的日期。在一条写着“老年狗狗的痛苦生活”的推文下面，有一个大约五秒钟的视频，打着“#尊重分娩 #人性化分娩 #爱与同情”这些标签。在视频里，西尔维斯特赤裸地躺在一条毛巾上，头发湿漉漉的，眼睛半睁着。我估计他躺在我的胸口上，视频的最后一秒能看到我的手正在伸向他。他有点在哭泣的样子。在视频下方有一张模糊的照片，但我知道照片中的人是我和亚历杭德罗，在我的分娩过程中他正拥抱着我。

我气坏了。这医生竟然未经我们许可就拍摄下这些照片和视频，还用它们来做自我宣传。难以形容这种行为是多么粗暴。他竟然在未经我们同意的情况下记录了我们生命中最脆弱的时刻。那个我感觉世界终结、然后重新开始的时刻，我的妇科医生竟然正专注于用他的手机为推特账户拍摄视频。我简直要气炸了。

* * *

我尝试每天给自己设定一个目标。只设定一个，比如剪指甲或者发一封邮件。但我总是无法实现这些目标。没有时间。

“没有时间。”我这样写道。我认为这句话在双重层面上都是事实：有了宝宝之后时间变少了；有了宝宝之后时间变得无效了。

* * *

有些画作经历过地震后依旧完好无损。从废墟中抢救出来的第一幅也是我最喜欢的一幅：我外婆的双手。那是一幅小小的方形画作，按实际比例描绘了她的双手：瘦骨嶙峋、布满皱纹、修长、有力，一只手叠在另一只的上方。这是一幅黑白画。

* * *

在《黑暗仪式》中，有一个次要角色，一名原住民妇女，她被迫为拉迪诺人的女儿当奶妈。她自己的孩子被人带走，这样她就只能喂养拉迪诺人的女儿了，而她自己的孩子却因此死去。在小说后面的章节中，她像对待自己的孩子一样爱护并照顾那个女孩。这个令人心碎的情节只用几行字就叙述完了。

* * *

在我的家族中还有另一个传说，是关于我曾祖父的姐妹们的。当时，他们住在一栋殖民时期的房子里，房间都是相互连通的，要去洗手间就必须穿过其他人的房间。其中一个姐妹克鲁兹很早就结婚了，她的丈夫是一名将军，参加过基督战争①。多年后，他回来了，搬回了这栋房子。

① 基督战争（la guerra Cristera），1926 年至 1929 年间反抗墨西哥政府反天主教、反教权主义的大规模抗争。

有一天晚上，将军让克鲁兹的妹妹玛尔塔怀孕了。他走错了房间，诱惑了她或是强奸了她，具体细节不得而知。玛尔塔被送到阿卡普尔科去度过孕期，她生下的一对双胞胎被送去收养。玛尔塔终生未婚。克鲁兹继续和将军生活在一起，直到几年后他去世。他们终生没有生育。两人后来都成了作家。

* * *

肿瘤位于右侧的卵巢。我妈妈说这符合生物学的原理，因为她的卵巢已经没有用了。它们已经完成了自己的使命，把基因传承给了两代人。

“如果是年龄的问题，或者是生殖功能的问题，就不会有患癌症的孩子了。”我说。我妈妈觉得我说的也挺有道理。

* * *

墨西加人把分娩视为一场战争。那些在分娩中死去的女性被称为“mochihuaquetze”，意思是“勇敢的女人”；或“cihuateteo”，即“女神”。战士们渴望获得这些女性尸体的手指和头发，因为他们相信这些物件能在战斗中赋予他们力量。他们认为，当妇女死于难产时，她们会在太阳的陪伴下踏上旅程。她们生活在天空的西边，黄昏所在之处。那个位置也被称为“女人的方向”（el rumbo de las mujeres）。

* * *

“恐惧感从此将如影相随。”塔尼亚对我说，“从怀孕头几个月的恐惧，担心流产、分娩，到对婴儿患病的恐惧。恐惧的内容会发生变化，但你的余生将永远会为孩子操心不止。”

希拉·海蒂[①]说过：“母性最令我害怕的一点在于，它是永恒的。”

* * *

在蒂娜与露丝·希门尼斯拍摄那组照片之前十年，另一位移居墨西哥的外国人曾创作过一幅名为《母性》

① 希拉·海蒂（Sheila Heti, 1976— ），加拿大作家，著有《房间里的母亲》《紫色》等。

（*Maternidad*）的版画。安吉丽娜·贝洛夫[1]是绘画和版画专业的学生，她在比利时认识了迭戈·里维拉。两人陷入爱河并于 1911 年结婚，1916 年，安吉丽娜生下儿子迭戈，但这孩子在十四个月大的时候就死于寒冷和饥饿。悲剧发生后，安吉丽娜也许是依据照片，也可能是依据回忆创作了《母性》这幅作品。在这幅画作中，画家坐在一把木椅上，穿着薄薄的短袖衬衫，因此我猜想时间可能是法国的夏日，某个短暂的夜晚，也许是个不眠之夜。安吉丽娜裸露着胸脯，怀里抱着一个孩子，她正注视着他：她的孩子正闭着眼睛吃奶，几乎快要睡着了。在椅子背后有一只猫探出头，以它惯有的好奇心观察着这一幕。

从这幅画中看不出一丝悲伤或是对死亡的预感。唯有这一瞬间的宁静：在持续不断的闹腾、焦躁不安、又哭又笑之后，一个孩子依偎在母亲的胸前，半睡半醒时的那种独特的安详感。

在孩子去世之前，迭戈·里维拉也曾画过一幅安吉丽娜哺乳的画像，同样命名为《母性》。但那是一幅立体派的画像，相关主题似乎更像是画家用来尝试各种形状和色彩的借口。

---

① 安吉丽娜·贝洛夫（Angelina Beloff, 1879—1969），俄罗斯艺术家，她的大部分作品是在墨西哥创作的。

* * *

我外婆是七兄妹中的老大。但很多次，当我问起她时，她都会纠正这种说法。她其实不是头生子，在她之前还出生过一个女孩，但那孩子在出生后不久就去世了。他们不是七个兄弟姐妹，而是八个。她的母亲曾经八次怀孕，八次分娩。说清楚这点很重要。

我读到一篇文章说，在怀孕之后，即便妊娠提前终止，胎儿的细胞依然会继续留存在母亲的子宫中。哪怕时间过去了四十年，它们依然是母体身体的一部分。我是在我妈妈的子宫被切除的前几天读到这篇文章的。

在我外婆所接生的那些分娩中，她是否也经历过婴儿的死亡？或某个母亲的死亡？

* * *

西尔维斯特睡着了。现在是晚上八点。我也应该抓紧睡一会儿，但我睡不着。我太累了，也没法阅读或是工作。于是我靠刷脸书打发时间。我浏览劳拉的脸书，寻找她的朋友或者朋友的朋友中是否有任何人有过怀孕的迹象。我正在追查那个妇科医生监护不周、导致新生儿去世的传言。几分钟后，我找到一位设计师的账号。从她几个月前上传的几张照片来看，她那时已经怀孕了。她发布了自己在中国、地铁上、树林里拍的一些孕妇照片。还有一张照片中，有两个女人正拥抱着她。就这些。之后她就不再上传照片了。

那是一个黑头发的女人。她教授排版印刷课程，还为活动设计邀请函。在有几张照片中，还出现了一个小女孩，我猜那可能是她的女儿或是侄女。每当我想起那个传言时，我就会想：如果有一天西尔维斯特出了什么事，我会自杀的。我会受不了的。问题是如果你还有其他孩子，就像我的舅舅们，或是像这个脸书上的女人那样，那你就不能自杀。这该是何等折磨。你只能像一个僵尸、吸血鬼或是幽灵一样活着：一个活死人。

不，我阿姨告诉我，我外婆从来没有见过女人死于分娩，也没有见过婴儿死于分娩。只有一个孩子差点死掉。只有一个，而他最终活了下来。

* * *

厄休拉 · K. 勒古恩[①]说，作家母亲几乎是一个禁忌话

① 厄休拉 · K. 勒古恩（Ursula K. Le Guin, 1929—2018），美国科幻作家，代表作有“地海传奇”系列等。

题。“她们被告知不应该同时尝试做母亲和当作家，因为孩子和作品都会受苦，因为这是不可能的，因为这是违反自然规律的。”

* * *

产后几天，纳瓦族妇女会在接生婆的陪同下前去蒸汽浴房净化自己。在一个洞穴内，接生婆会加热石头，然后往上面倒水来产生蒸汽。她还会煮一些植物，包括鼠尾草、天使草、小草、圣尼古拉草、菠萝叶和月桂叶。产妇躺在一个草席上，接生婆用一束叶子聚拢蒸汽，将蒸汽从上方引导到产妇身上。她们会在蒸汽浴房里一直待到产妇的身体所能够忍受的极限。

* * *

我们与露丝·希门尼斯的外孙联系上了。他给我们解释了那张幽灵般的照片背后的故事。照片就拍摄于这样一个蒸汽浴房里。水在燃烧的石头上蒸发，从而呈现出照片中那种幽灵般的效果：黑暗的背景，还有水蒸气造成的雾气。那张照片没有署名。

* * *

在我小时候，我妈妈创作系列画作的灵感常常来源于她读过的书。她画过一系列出自《古兰经》典故的作品，另一个系列则是基于歌德的《浮士德》。她读了不同版本、不同语言的《浮士德》，并不知疲倦地引用其中的故事。浮士德系列是我小时候最喜欢的故事之一，因为其中出现了女巫。现实生活中没有女巫，但在我的想象中，她们就存在于画中那些彩色的斑点、那一团团闪闪发光的紫色烟雾之中。那个系列中有一幅画作名为《母亲的世界》。钴蓝色的画面中央有一个类似心脏的形状，漂浮在某种细胞原液中，周围环绕着细胞和单细胞的海洋生物。

当浮士德请梅菲斯特帮助他带回特洛伊的海伦时，梅菲斯特回答他们必须前往母亲的世界：一个不存在时间和空间的地方，深渊底部的绝对虚空。宇宙的子宫。当时，浮士德突然觉得“母亲”这个词听起来变得很陌生，仿佛“妈妈”不再是大多数孩子学会的第一个单词：也是全世界最原始、最熟悉的一个词。也许正是因为如此，正是因为这个词体现了起源的神秘，它才会显得如此陌生。

西尔维斯特这些天经常会发出“妈妈”的叫喊，但听起来更像是无意识的发声，而没有真正的意思。而且他只有在悲伤难过的时候才会这么喊。

* * *

我妈妈提醒我记下这段历史：

我曾祖母有一个姐妹，洛拉，她的丈夫即便以当时的标准来看也过于大男子主义了一点。他不许她读书，尽管读书是她生活中最大的乐趣。唯一的例外是她在哺乳的时候。每次她分娩之后，如果她丈夫得知生下的是个女孩，就会连着好几个月不跟她说话，而她则趁机利用这段时间埋头读书。洛拉生了九个女儿，都是她亲自哺乳的。在这将近九年的哺乳时间里，她无拘无束地读了很多书。

* * *

趁着西尔维斯特睡觉时，我根据手机上的笔记整理文章。我知道时间不多，所以尽量言简意赅。只要能够写作我就已经很开心了。

* * *

我妈妈怀孕时经常会猜想我会长得像家里的哪一位长辈。在她的想象中，我长着父亲的眉毛、外婆的鼻子和外公的眼睛。她一直这么想，直到有一天当她照镜子时，第一次想到我可能会长得像她。一开始，这个想法把她吓到了，但后来她告诉自己这也没那么糟糕，就算我长得像她也没什么大不了的，只要我生下来头发是直的就行。

我妈妈一辈子都在为自己的鬈发所苦。在她成长的年代，也就是20世纪70年代，直发是一种时尚。她尝试过无数方法来拉直自己的头发。我觉得她的那头鬈发很漂亮，但她却觉得很烦人，甚至觉得有点俗气。

西尔维斯特和我一样是直发，尽管一开始很难分辨，因为他刚出生时头发还很少。在我开始掉头发的同时，他的头发开始长出来。在我哺乳的这段期间，第四到第七个月之间，我的头发开始脱落。我怀孕时几乎没有掉头发，但在哺乳期，头发却开始成团地脱落。如今，我妈妈也因为化疗而开始脱发，于是我们三个人变得处境相同了：西尔维斯特、我妈妈和我，三个人全都处在半秃的状态。

亚历杭德罗决定剪掉自己的头发。他剪得很糟糕，我几乎可以把他也算进我们的行列。

西尔维斯特最喜欢的消遣之一就是去抓他外婆的帽子。然后她会做鬼脸，他则放声大笑。

* * *

西尔维斯特没有长期记忆，而如今的我也没有。我比以往任何时候都更专注于当下，只关注此时此刻他的需求、他的想法和他的行为。只活在当下。瞬间的感觉延长了，日子变得如此漫长，以至于我感觉已经过去了数年，而实际上却连一个月都不到。在这个母亲的世界中，时间并不存在。

* * *

我在最糟糕的时刻扭伤了背：亚历杭德罗去了智利十天后的一个早上。我一直以错误的姿势抱着西尔维斯特哺乳，现在遭到报应，无法动弹了。我去了我妈妈家，但她也没法帮忙，因为她正处于化疗后最艰难的时期。我们两人双双卧床不起，精疲力竭。还好我妈妈和她的德国男友住在一起，他是个很可爱的人，愿意帮忙照顾西尔维斯特。他带着他在房子里和花园里散步（德语是“kleine Spaziergänge”），然后把他托付给了邻居。所谓的邻居是指我的舅舅阿姨们和表兄弟们。他们轮流照顾西尔维斯特，给他看玛格丽塔的项链、玛丽莎的沙锤和赫克托的红色木制小卡车。我表弟身高足有两米，他让西尔维斯特骑在自己的脖子上。看到如此开阔的视野，宝宝很高兴。

每当西尔维斯特开始觉得饿了，他们就把他带回我这儿。我在一次次哺乳的间隙读书。在迭戈·维奇奥[①]的一本非常有趣的小说《物种灭绝》中，作者提到，基亚塔瓦语中有各种称呼母亲的方式：

Ka'tsill：生育女人的母亲

Ka'stoll：生育男人的母亲

Ka'tusbel：白昼的母亲

Ka'wenak：夜晚的母亲（这个词也意味着古老的秘密或古老的遮瑕膏）

Ka'takan：母亲的平方（即母亲的母亲）

Ka'uchkan：无法再生育的母亲——就像我妈妈一样

* * *

我们开始在一本日记中记满所有西尔维斯特第一次做

---

① 迭戈·维奇奥（Diego Vecchio, 1969— ），阿根廷作家和翻译家，《物种灭绝》为其代表作。

的事。我们首先记录下的是他的第一顿饭，我们把它变成了一场用牛油果举行的仪式。在我们鼓掌和大笑的时候，他用疑惑的眼神看着我们。他似乎很清楚该如何吃牛油果，仿佛过去已经吃过上千次了一样。

我阿姨多年来一直在日记中记录我童年时期的趣事。1991 年 10 月，当时我三岁，有一天她在日记中写道："我们正在特波斯特兰[①]，贾斯明在等她的妈妈。突然之间，她说她想成为自己的妈妈。"

同年 11 月 20 日，在另一篇日记中，她又记下了一段非常类似的话："贾斯明告诉她妈妈，'我希望我把我自己生出来'。"

* * *

以下是我的朋友们在公共场合哺乳时，人们对她们说过的一些话：

"麻烦遮一遮，不要让服务员白白占了你便宜。"

"请遮一遮，不要表现得像个暴露狂。"

"你需要我帮你遮掩一下吗？"

---

① 特波斯特兰（Tepoztlán），墨西哥的一个城镇。

“这里都不允许穿短裤进入，怎么能容忍公开哺乳呢。”

“哎呀，辣眼睛！”

“这看起来糟糕透了。”

“只有印度人才在公共场合哺乳。”

“请您去卫生间哺乳。”

* * *

在我外婆家的院子里有一棵非常古老的无花果树，当我还是个孩子时那棵树的树龄就已经超过一百岁了。据说那棵树结出的无花果非常甘美，但我不喜欢无花果，所以没有尝过。而且，树上总是一年到头地围满了鸟儿。树上有很多树疙瘩，很容易攀爬。我表弟和我常常爬到树上玩，假装是在骑马。

每当有地震的时候，我外婆就会跑到院子里，抱着那棵无花果树一遍遍地祈祷“耶稣基督，请息怒”，尽管她并不是信徒。

尽管听起来难以置信，但事实上树木也会死亡，它们的生命也不是永恒的。几年之后，那棵无花果树就老死了。

我外婆是在她出生的同一张床上去世的。也许并不完全是同一张床，但是是同一个房子，也许是与她出生时的那张床摆在相近位置的另一张床。她从生到死一直生活在同一片土地上。外婆也是因衰老而去世的，和那棵无花果树一样。

* * *

我妈妈觉得有些画作经历了地震之后反而变得更好了。她本已经不再喜欢那些画作了，而如今，画的表面出现了裂缝和损毁的痕迹，却令她很中意。至少她更喜欢这些画作现在的样子。

* * *

我正在整理我的首饰盒，看看哪些耳环不再能凑成一对；哪些我已经不再喜欢的可以送人。我找到一对几年前买的金色的小耳环，造型是骷髅形状的小圆盾。我一直很喜欢这种哥特式的画面：骷髅、蝙蝠、狼。我在右肩后面还文了一只乌鸦。

我看着我的骷髅耳环，想着自己该把它们送人。婴儿需要快乐的父母。这本书算快乐吗？

* * *

女人应该去生孩子，而不是写书，这是西方文明的主流观点。艾丽西亚·奥斯特里克①则说，女人应该写书而不是生孩子，这只是同一种观点的另一个变体。

* * *

我必须坐下来写另一本书，为了奖学金项目而写的那本书。我必须正襟危坐地去写那本书，而这本书却是自然而然地有感而发。这本书确实是我写的，但它也是自己成就了自己，就像西尔维斯特在我的子宫里自己成长一样。

* * *

有些女性在生产过后仍会产生宝宝在肚子里踢着自己的幻觉。而我妈妈说，她有头发还在的幻觉。尽管她现在秃了，可她仍觉得自己需要洗头、梳头。

---

① 艾丽西亚·奥斯特里克（Alicia Ostriker, 1937— ），美国诗人、学者、女权主义者，著有《老女人、郁金香和狗》等。

* * *

这是凯瑟琳·欧佩[1]哺乳时的自拍照：宽阔、赤裸的躯干，身体上有一条疤痕，上面写着“变态”；短发、手臂上的纹身、硕大的乳房、严肃的姿势。她的目光专注地落在一个金发婴儿的身上，那婴儿正在吸吮她的右侧乳房。画面的背景是红色的维多利亚风格的挂毯。

这幅作品是对玛丽·卡萨特[2]1906年的画作《年轻母亲哺乳她的孩子》的致敬，同时也是一种戏仿。相同的姿势、相同的眼神。不同之处在于，卡萨特画中的婴儿用一只手托住了母亲的下巴。实际上，这只是两幅作品的万千差异之一。

* * *

我正坐在书店的一把扶手椅上给西尔维斯特喂奶，我妈妈在看书桌上展示的新书。在儿童区，一位父亲正在给女儿读一本关于弗里达·卡罗的童书。我妈妈从他们身边

---

① 凯瑟琳·欧佩（Catherine Opie, 1961—　），美国当代摄影艺术家。

② 玛丽·卡萨特（Mary Cassatt, 1844—1926），美国画家和版画家，善于描绘女性、尤其是母子关系的作品。

走过时，听到了两人之间的对话。那本书正好翻到了一幅奶妈在为弗里达哺乳的画面，小女孩问奶妈为什么要戴着面具。她父亲告诉她，那是因为弗里达害怕奶妈，奶妈是个坏人。我妈妈走过去，看了一会儿其他的书。过了一会儿，当她再次经过那里时，看到父女俩还在看着那一页。她忍不住过去告诉他们这不是真的。奶妈戴着面具，是因为她代表了弗里达所深爱的前西班牙文明和土著文明，那种文明滋养了她一生。

那位父亲有点困惑地向她道谢。母亲回到我们身边，如释重负。

* * *

在安娜·普鲁申斯卡娅①论述母亲身份的文集中，我发现了这样一句话："我正在获得独立这种说法很奇怪，因为一个人无法独立于自己的另一部分。"再往后还有这句很美的话："我们都是别人身体的一部分的延续。"

---

① 安娜·普鲁申斯卡娅（Anna Prushinskaya），美国作家，代表作有《一个女人是一个女人直到她成为母亲》（*A Woman Is a Woman Until She Is a Mother*）。

* * *

西尔维斯特和亚历杭德罗玩耍时，我就去写作，但我有一半的意识仍关注着他们。当他哭泣时我就会停笔；但听到他笑的时候，我想过去和他们在一起的冲动也同样强烈。有几次我实在忍不住了，就会走过去问：他在笑什么？

* * *

在出生的头几个月里，西尔维斯特吃得很慢，我们一整天看起来都像一幅静止不动的画：他在吃奶，我在看书。而如今我几乎不可能在哺乳时看书了。他会一边吃奶一边踢腿，就像跳舞一样。有时他会停下来一会儿，看着我的眼睛，发出声音，好像在评论什么，然后再继续吃。我们给他哺乳的时候经常得去找一个没有人的地方，因为他会被周围的事物分心。以前他从不拒绝吃奶，现在则时不时就会抗拒。他对这个世界越来越感兴趣了。

* * *

这本书本该写到断奶时结束。从怀孕开始，到断奶结束。原来的计划就是这样的：叙事的主线是身体的转变。在这本书最初的写作计划中，既没有地震，也没有罹患癌症的母亲。

* * *

温尼科特说，在婴儿生命的最初几个月，时间不是用钟表来衡量的，也不是由日出和日落来衡量的，而是由母亲的心跳、呼吸的节奏、本能的血压升降和其他非机械的因素来衡量的。在母亲的世界中没有时间的概念。

* * *

每当我想在笔记本上记下宝宝的那些“第一次”，我总是充满焦虑。因为他生命中的每一秒钟在我看来都是某种人生的首次尝试：第一次吃冰淇淋。第一次向自己的倒影打招呼。第一次发出好听的声音（我真应该把它录下来）。我想记录下一切：他迄今为止的整个生命历程。我会感到焦虑，也许是因为几乎所有的“第一次”同时也意味着前一个阶段的终结。

第一次吃固体食物：纯母乳喂养的最后一天。

* * *

两位没有孩子也不打算要孩子、家里或周围也没有婴儿的朋友来拜访我们。她们坐在餐厅的椅子上，我陪她俩聊了一会儿。但西尔维斯特正在经历他的“恋母期”，育儿手册上将之称为分离焦虑。“婴儿开始意识到他和母亲是独立的个体，母亲有时会离开。这种情况大约持续到两岁。”只要我一离开西尔维斯特身边，他就会发出尖锐、刺耳的吵闹声。如果我们在同一间房间里，他就一定要我陪着他。因此，这回亚历杭德罗也没能陪他玩多久，他最后还是要我陪着他，在彩色地毯上玩。他拒绝爬行，但如果你牵着他的手，他就会走路。他想就这样走上一整天，从公寓的一处走到另一处。我试着和客人们交谈，隔着餐桌对她们大声喊叫，但干扰实在太多了。

我的朋友们盯着自己的手机，时不时向我投来夹杂着厌恶、同情和倦怠的眼神。但她们没有离开。她们从餐桌那头对我大喊，让我不要管西尔维斯特了，陪她们一起去我们的另一个朋友所在的酒吧。我试图向她们解释我为什么不能一个人离开，但她们却用夸张的表情看着我，似乎觉得我冥顽不灵。这是第一次当我听到西尔维斯特的哭声时感到如释重负。我暗中希望他哭得更厉害，甚至是大喊大叫。我迫不及待地希望这些人离开。

在我们道别的前一刻，两人站在走廊门口，问我感觉如何。“我累了。”我说着，关上了门。

* * *

“当然了，女性所写的关于怀孕和哺乳的作品很少。她们哪儿有时间写作呢？在你仅有的属于自己的时间里，你也宁可写点其他的内容，比如关于探险、武术之类。”加拉这样对我说过。她是一名作家，有一个一岁大的孩子。我们在家里聊天，孩子们正在睡觉。听到这话，我的脑海中同时浮现出两段记忆。首先是那个奖学金导师，他对我说过“想点别的事情对你有好处”。然后是雪莉·杰克逊的一篇小说，讲的是一位孕妇厌倦了思考自己怀孕的事情，只想看报纸上的谋杀案新闻。

这些作家很明智。想要分散注意力，脱离固化的日常，这种想法合情合理。我也想这么做，但不知道如何才能实现。我没办法思考其他任何事情，也无法停止思考，除非通过写作。我可以写下我正在思考的一切，这样之后我就可以不再去想它们了。我是这样相信、也是这样希望的。

* * *

我外婆第一次接生，是照顾她妹妹生孩子。之后，她又为家族中的几十位女性，还有朋友和熟人接生过。她吃惊地告诉我们，有些女性虽然有点冷漠和神经质，有时生产却异常顺利；而举例来说，有一名臀部很宽的意大利女性，在她看来肯定能很顺利地生养的，却在生产时遭了很多罪，从头到尾哭个不停。她还讲过一位日本产妇的故事：这位女子生了三个孩子，每次分娩开始时，她都会把自己锁在浴室里，闭门不出。人们不得不破门而入把她带出来。

我外婆从未收取过生育课程和陪护的费用，但产妇们为了表达感谢，会送给她各种珠宝、艺术品和精美的瓷器。她赢得了许多人长久的爱戴。

* * *

扎迪・史密斯①所描述的母性：

---

① 扎迪・史密斯（Zadie Smith, 1975— ），英国小说家，代表作有《白牙》《摇摆时光》《关于美》等。

起初，这是一种错位。我被迫至少是部分地把我自己的生活置于一个次要的地位。哪怕只是看到我的女儿在走路，我也得立即身不由己地冲出去。至于时间：我已经变得非常没有耐心了，我不想浪费时间。甚至我的言辞都充满了母亲的特色。我没有时间去使用复杂的比喻。我想要直奔主题，以方便理解。

* * *

我在一家书店的咖啡馆里给西尔维斯特喂奶，我能感觉到他在哺乳围巾的下方动来动去。我设法喂了一部分，走出来的时候，我看到街上有个女人正在边走路边喂奶，她一手抱着婴儿，公然袒露着乳房，看起来十分落落大方。我觉得她看起来像亚马孙人一样光彩夺目。如果有人看到别人哺乳会感到不适，那是这些人自己的问题，我暗想。我把哺乳围巾塞在襁褓中，回到家后，西尔维斯特把它抓起来晃动着，然后用它来包裹自己的洋娃娃。

* * *

描写幸福感才是更困难的。我要如何描写这种简单、直接、有时近乎可笑的幸福；我一天能感受到八十次的幸福。这很难用言语表达。例如：当西尔维斯特侧耳倾听亚历杭德罗弹奏吉他的时候；当他认出他的外婆笑起来的时候；当我打开门，他知道我们要出去散步了，于是高兴地大喊起来的时候。

* * *

我妈妈几年前画了一幅自画像，在画中，她站在一处风景前，拿着一个画框。她背对着观众，披散着头发，望向眼前的群山。这大概就是她作为一名画家的感受：走遍世界，背对着世人，眼中和脑中始终带着画框来看待万物。在地震中，这幅画画布靠近画框的地方被砸出了一个洞。那是一个圆形的洞，看起来像是被子弹打穿后留下的孔。

* * *

“如果分娩过程一切顺利，你和宝宝就都能活下来，”玛吉·尼尔森说，“但在这个过程中，你将与死神擦肩而过。”

* * *

我现在的体重已经非常接近怀孕前的体重了。我看起来又像原来的自己了。那条妊娠线还在，但现在已经变得很淡了。我并不希望它消失。我读到，这条线其实在所有女性身上天生就存在，但在她们怀孕以前，它的颜色和皮肤的颜色非常接近，因此人们将怀孕之前的妊娠线称为“白线”。在女性怀孕期间，它的颜色和名字都会改变。

我妈妈的腹部在术后留下一条垂直的疤痕。它就在那个位置，与妊娠线或者说“白线”的长度几乎相同。

* * *

我和我妈妈、她的男朋友马丁，还有西尔维斯特一起去了现代艺术博物馆。这是利奥诺拉·卡林顿①专题展闭幕前的最后一个周日，看起来有数千人和我们一样，赶在闭展之前来参观。门口的保安要求我们把婴儿车留在衣帽间。而衣帽间的女士笑着告诉我们已经没地方存放婴儿车

---

① 利奥诺拉·卡林顿（Leonora Carrington, 1917—2011），英裔墨西哥艺术家、超现实主义画家、小说家。

了，我们只能把它带进去。于是我推着婴儿车排在一条长长的队伍的末尾，我妈妈和马丁则陪着西尔维斯特在花园里玩耍。

一位身穿制服的女士走近我，警告我不能推着空婴儿车进入展厅。“什么？”我困惑地问。她说，如果我有孩子，那婴儿就必须坐在婴儿车里。“我确实带着孩子，”我解释说，“但他现在不在我身边。而且，如果要求他在整个观展期间一直坐在婴儿车里，他会感到烦躁、会哭，到时候我就得抱着他。”“如果婴儿哭了，您就得带他离开。”那位女士说。

马丁去保管婴儿车了。西尔维斯特不想离开花园；他交了个新朋友，一个叫卡利托斯的小男孩，那孩子让他玩自己的玩具车。我们硬拽着生气的西尔维斯特离开了。我妈妈抱着他。队伍开始向前移动。我们进入了展厅。

卡林顿有两个孩子，在她所创造的奇幻世界和童话故事中，有好几名母亲。母亲神负责照顾小小的蛋和精灵小孩。

我最喜欢的展品是一个带有轮子和船帆的木制摇篮。摇篮的侧面画着各种动物，有真实存在的，也有幻想中的；另外还画有月亮和星星，就像一个宇宙版的诺亚方舟。这个摇篮是何塞·霍尔纳雕刻出来，送给他与匈牙利摄影师卡蒂·霍尔纳[①]的女儿诺拉·霍尔纳的。展览的最后有一张诺拉坐在摇篮里笑着的照片。

西尔维斯特全神贯注地观察着这些画作，并带着同样的专注观察着展厅中的观众。当看到一匹马、一匹独角兽或是飞马时，他会发出咂舌声；当看到一只猫时，他会招手示意它靠近。当看到红色的面具时，他兴奋地叫嚷起来。

* * *

在一家书店里，我们正参加读书俱乐部对《小小的劳作》一书的讨论。观众中有一位男士说，他不明白为何关于母性的话题在文学中会如此流行。他看不出其中的“趣味”。

我知道还有其他作家也在写作关于怀孕、分娩和哺乳的作品。更多的碎片化文本参考了《枕草子》。我喜欢这种潮流，而且我希望它不仅仅是一时的流行。我希望有更多作家加入我们的行列。多多益善。我觉得有多少人都不够。我想着所有这些日记、清单、信件、植物标本、教

① 卡蒂·霍尔纳（Kati Horna, 1912—2000），匈牙利摄影师，后入籍墨西哥。

科书：所有这些写作的形式有时是——至少可能会是——文学。孕期日记和宝宝日记也是同理。我希望能出现许多关于这个主题的书籍，无论好坏。我希望这种写作成为一种经典、一种传统。也希望能出现反对经典、创新突破的形式。我希望它成为一种新的文学流派。

* * *

莱内克·迪杰斯特拉[①]拍摄了自己的三位朋友：朱莉、特克拉和萨斯基亚，就在她们分娩后的几个小时。这些女人赤身裸体地站在自己的家中——在荷兰，大部分女性都在自己家里分娩。其中一人垫着带草药的卫生巾，另一位的腹部可以看到剖腹产的疤痕，第三个人的腿上还沾着几滴血。三人都将新生儿抱在自己胸前。其中一位用手遮住婴儿的眼睛，以保护他不受闪光灯的影响。摄影师是在陪产了她的一位朋友之后，决定拍摄这些照片的。

我一直幻想着自己也能成为一名导乐。我想象着自己应该参加哪些课程，以及我可以帮助哪些朋友生产。陪产一定很令人上瘾。就好像你可以一次次看见宇宙大爆炸的

① 莱内克·迪杰斯特拉（Rineke Dijkstra, 1959—　），荷兰摄影师。

瞬间。

* * *

在修复（也可能不修复）这些画作之前，我妈妈想要按原样展示一次这些画：直接展出它们现在半毁坏的状态。她想在 9 月 19 日展出这些作品，以纪念那场大地震。

* * *

蕾切尔·卡斯克："存在另一个我，但是这个'我'不局限于我的体内。"

杰奎琳·罗斯[①]："成为母亲，就像身体里住进了其他人。"

* * *

我曾和罹患阿尔茨海默症的外婆一起生活了七年。在

---

① 杰奎琳·罗斯（Jacqueline Rose, 1949— ），英国学者、伯贝克学院人文学科教授，著有《黑暗时代的她们》《西尔维亚·普拉斯的魔咒》。

外公和外婆都去世后，老人家们让我想起了帕特里克·卡瓦纳[①]的一首诗，诗中这样写道：

每当我看到一位老人
我就会想起我的父亲
想起他爱上死亡的时刻

每当我看到一位老人
在十月这如画的天气中
他都仿佛在对我说：
“我曾是你的父亲。”

每当我看到一位老人，我就会想起那些漫长的午后，我们如何试图逗我外婆开心，带她去散步，当她焦躁不安时保持耐心，当她生气地辱骂我们时安抚她。我还记得她有时会短暂地恢复神智，认出我来；也记得我妈妈设法逗她发笑的那些极少数的瞬间。

如今，我看孩子和婴儿时也有类似的感觉。我对他们都非常感兴趣，只要我看一个孩子超过一分钟以上，我就

---

① 帕特里克·卡瓦纳（Patrick Kavanagh, 1904—1967），爱尔兰诗人、小说家，著有长诗《怀念我的母亲》等。

会觉得我能够像爱自己的孩子一样爱他们。这孩子也可能是我的儿子，也可以成为我的儿子。

* * *

有一天，我忽然意识到，世界上有那么多关于痛苦和死亡的书籍、电影、歌曲和故事。无数的故事在探讨死亡，而关于分娩和出生的故事却那么少。

“令人遗憾的是，这么多的女性——包括我自己——自动接受了对自己这段特殊经历的否定，为了适应主流舆论而不太提及自己对这些事情的感受，当她们写作与性相关的话题时，也仅限于描写性爱本身，仿佛她们都对怀孕、生产、哺乳、母性、青春期、月经、更年期等阶段一无所知，她们只写男人们能接受的，只写男人们愿意听的，比如家务、养育孩子、生活和工作、战争与和平，生与死。她们只描写女性在这些事情上的身体感受和所思所想。“写自己的身体”，这是弗吉尼亚·伍尔夫和埃莱娜·西苏①提出的，但这仅仅是个开始。我们应该重写这个世界。从零开始书写。西苏呼吁道。用奶水书写，用母

① 埃莱娜·西苏（Hélène Cixous, 1937— ），法国学者、作家，著有《美杜莎的笑声》《新诞生的青年女子》《俄狄浦斯之名》等。

亲的乳汁书写。

厄休拉·K. 勒古恩的这堂写作课是我近几个月来读到过的最重要的内容。要不是因为原文太长，我真想把它文在身上。

* * *

那份电子目录录下了露丝·希门尼斯用纳瓦特尔语讲叙的一个故事，与前西班牙时代科亚特利库埃的传说几乎一模一样。

科亚特利库埃是一名母亲神，是大地的女神，她生下了太阳、人类、动物和星星。

有一次，科亚特利库埃正在打扫，一团细细的羽毛落在了她的身上。她把羽毛捡起来放在自己怀里，等她打扫完毕后寻找那团羽毛，却发现它不见了。就这样她怀上了太阳神维齐洛波奇特利。

在墨西哥国立人类学博物馆里有一尊科亚特利库埃的雕像，她的裙子由蛇组成，戴着象征死亡的面具。在石制的躯干上雕刻着一对下垂的乳房，它们哺育了整个宇宙。

* * *

波兰艺术家艾尔卡·克拉耶夫斯卡[①]创建了“被毁坏艺术研究所”（Salvage Art Institute）。这里收集了知名艺术家的四十件被毁坏的作品，这些作品皆因运输、火灾、洪水和破坏行为被保险公司宣布损坏。当作品无法修复或修复成本超过作品本身的价值时，保险公司会支付与作品价值等额的赔偿，并将被损坏的作品扔进仓库。我是从本·勒纳[②]的一本小说中了解到这个研究所的。我想把这段介绍读给我妈妈听。她告诉我等到下一次手术做完的后几天。她将卧床三个星期，不能画画，只能读书。她说那时再读给她听会更好。

* * *

地震和我妈妈的病。最坚固的事物也并不稳定。

---

① 艾尔卡·克拉耶夫斯卡（Elka Krajewska, 1967—　），波兰艺术家和实验电影制片人。

② 本杰明·勒纳（Ben Lerner, 1979—　），美国诗人、小说家、散文家和文学评论家，代表作有《我拒绝成为天才鹦鹉》等。

* * *

婴儿会吃手稿。厄休拉·K. 勒古恩说。因为婴儿的哭泣而没有写成的诗歌。因为怀孕而被搁置的小说。等等。婴儿吞噬了这些书。但他们吐出的碎片之后还能重新拼接在一起。就像地震过后留下的一地狼藉。

* * *

我们为几位有宝宝的朋友组织了一次急救课程。课程计划下午在我妈妈家举行，她家比我们家地方大。但那天上午，亚历杭德罗感觉不舒服。他开始偏头痛，这种症状有时会延续数周甚至好几个月。我们都很担心。没有任何药物对他有效，但一位有同样经历的朋友建议他尝试迷幻蘑菇。他弄到了一些，留在家里开始尝试这种新的治疗方法。

与此同时，在我妈妈家里，我们在五个一岁以下婴儿的哭闹声中试图记住心肺复苏的步骤，并在一些可怕的娃娃身上练习。我们尝试抄写房间内潜在危险品的清单：

楼梯；窗户；刀；炉子上的热锅；接电的电子设备；未固定上墙的家具，可能会砸倒在宝宝身上；可能会被误食的清洁液；可能会被误食的药物；可能会砸到头的重物；摇篮里的垫子；水桶和马桶：婴儿有可能会淹死，因为他们喜欢把头伸进去，但之后却很难脱身。

我可以用这些海量的信息重写爱德华·戈里[①]的《儿童死亡索引》。我正在考虑要不要永久地搬到一家医院病房去住，以躲避这些危险，这时亚历杭德罗开始给我发信息："在铝途中，感觉和平时霉又甚么不同，我还在听索尔维奥·罗德里格斯的歌。我和蚂蚁一起玩得很开心。我喜换这种信痒。我现在明白了，爬行一定狠困难。"[②]

* * *

我妈妈竟然不记得我生命中头两年的事，令我忿忿不平。母亲们的生物学本能是多么讨厌，竟不记得我们与她们最为亲近的时刻。我想创造这些回忆，就像安娜伊斯·巴博-拉瓦莱特[③]那样：她说她像做爱一样吸吮母乳，仿佛这是人生的最后一次。

---

① 爱德华·戈里（Edward Gorey, 1925—2000），美国作家、诗人、艺术家。

② 作者的伴侣因为药物作用发来的文本拼写随意、内容不连贯。

③ 安娜伊斯·巴博-拉瓦莱特（Anaïs Barbeau-Lavalette, 1979—　），加拿大小说家，电影导演和编剧。

* * *

地震后幸存下来的另一幅画源自我拍摄的一张照片。我妈妈正在她的工作室里，在一张桌子上作画，那张桌子打我记事以来就一直在那里。她正在画一幅微型画，画我外婆的手。桌上溅满了各色颜料的斑点，仿佛一幅波洛克①的画作。桌上放着那幅画、一支铅笔，还有我妈妈的眼镜，我把它们都拍进了照片里。我妈妈随后根据那张照片作画还原了这幅场景。画中的画。照片中的照片。我外婆的手。我妈妈的眼镜。而我则在镜头之后，注视着这一切。

* * *

我想着那些不眠之夜，以及那些永昼的夜晚。在俄罗斯和阿拉斯加的一些地区，夜晚太阳永不落山。陀思妥耶夫斯基有一篇小说，讲的是受诅咒的爱情，名字就叫《白夜》。我思考着“白夜”这个词。仍是白天的夜晚。就像我的乳汁一样雪白。

---

① 杰克逊·波洛克（Jackson Pollock, 1912—1956），美国画家，以其独创的滴画闻名。

* * *

鲸鱼成群地活动，有些种类，比如虎鲸，只由母鲸组成群体。虎鲸的幼崽还无法下潜到母鲸捕猎时到达的深度，所以母亲们会把自己孩子交给其他母鲸照顾。有时，其他母鲸甚至会用自己的母乳哺育这些幼崽。母鲸的奶水是一种富含油脂的浓稠膏状物，这种鲸奶在海水中不会溶解。虎鲸会用母乳哺育幼鲸长达两年。

在巴斯孔塞洛斯图书馆中央，有一幅鲸鱼骨架的标本，看起来仿佛悬浮在空中，是加布里埃尔·奥罗斯科①的作品。今天是周日，正值国际母乳喂养周。在奥罗斯科的鲸鱼骨架下，我们五十多位母亲在一起哺乳自己的孩子。这些孩子有三个月、六个月、九个月和十五个月大的。母亲们有的穿着哺乳内衣，有的没穿，有的坐着，有的站着，有的身边有伴侣，有的独自一人，有的和朋友们一起。有那么几分钟，我们看起来就像鲸群：一个由哺乳妈妈们组成的社群，畅游在书本的海洋之中。

---

① 加布里埃尔·奥罗斯科（Gabriel Orozco, 1962— ），墨西哥艺术家，因其对绘画、摄影、雕塑和装置艺术的探索而闻名。

* * *

在这张照片中，我裹着一条粉红色的毯子。我妈妈穿着她的法兰绒睡衣（她至今还穿这样的款式），前襟敞开着。一束光线从窗外照进来，穿过我们的身体。在我们的背后有一张布椅。我可能正要开始喝奶，也可能刚喝完，离妈妈的胸脯很近，但没有完全贴合在一起。我妈妈正看着我，脸上带着一种朦胧的微笑，仿佛就像蒙娜丽莎的笑容。

* * *

特里·坦佩斯特·威廉姆斯①说，她母亲的声音就像藏在她细胞深处的摇篮曲。每当她安静下来，她的身体能感觉到母亲的呼吸。

* * *

子宫内胎儿细胞和母细胞的交换被称为“微嵌合现

---

① 特里·坦佩斯特·威廉姆斯（Terry Tempest Williams, 1955—　），美国作家、教育家、社会活动家，著有《当女人是鸟儿》等。

象”（Microquimerismo）。微嵌合现象的词根来自“奇美拉”（Quimera），这是一种希腊传说中的怪兽，它的身体由不同动物的各种身体部分组合而成。胎儿细胞可以通过血液进入母体，但母体细胞也可以通过胎盘进入胎儿体内。另外，尽管更为罕见，但外祖母的细胞也可能会进入孙辈的体内。由于胎儿细胞具有灵活性，它们可以适应母体组织：就好像外国人学习语言时一样。胎儿细胞会嵌入母体的多个器官内，成为其中的一部分。我们都是由其他人的细胞共同构成的。而这本书也可以称为一本微嵌合之书。

* * *

葆拉·莫德松-贝克尔画过几幅母亲哺乳的画作，尽管她本人几乎没有哺乳（在她去世前她只哺乳了二十天）。在这些画作中，她捕捉到了某些很特别的姿态，我几乎没有在其他地方见过。例如，女人用手指夹住乳头，递到孩子嘴里的动作。或是母亲想要孩子吃奶时，孩子却因为画家的在场分散了注意力。还有一幅画，眼下成了我在全世界最喜欢的画作之一：一位女子赤身裸体，像其他哺乳动物（比如猫或狗）一样躺着哺乳。她的婴儿也赤身裸体，躺在她身边喝奶。我正在读莫德松-贝克尔的一本传记，传记作者玛丽·达里厄塞克在书中提到了这种姿势的舒适性，但几乎从未被展现过。西尔维斯特每晚在我胸前喝奶时，我们采取的也是同样的姿势。

* * *

我妈妈曾经执着地不断重复某些主题、观点和故事，其中有两件事让我印象特别深刻：

1. 图画无法用照片来再现。你需要亲自去观赏一幅画作，从远、从近、平心静气地欣赏。因为绘画不是图像。它是一种物质。

2. “物质”（materia）与“母亲”（madre）有着同样的词源：mater。

* * *

我妈妈下午来帮我给西尔维斯特洗澡。西尔维斯特喜欢洗澡。他会摆出惊讶的表情，玩着自己的脚，但他也会抓住我的袖子，仿佛是出自对于溺水的本能恐惧。我妈妈给她唱了一首关于鸭子的儿歌，让他在水里玩了一会儿才带他出来，然后梳了梳他几乎没长头发的光秃秃的头。洗完澡后，西尔维斯特渴了。于是我们坐在藤椅上，我给他喂奶，直到他睡着。如今哺乳的感觉已经不再那么奇怪和痛苦，而是更加自然愉快，尽管很多情况下它依然常常会令我感到沮丧和精疲力竭。西尔维斯特喝奶时，我妈妈就坐在床边和我们聊天。我告诉她之前有个朋友来给西尔维斯拍照，我当时没想到让他拍下我哺乳时的照片。我想要拍下这个瞬间，但当我想到这一点时，哺乳已经结束了。但我想记住这个时刻。于是我妈妈拿出她的手机。我从未想到过我妈妈也可以承担摄影师的工作，因为她本质上是位画家；但其实我妈妈一生中一直在用相机或手机拍照，她的很多画作都是基于这些照片创作的。她蹲下身子，让我移动一下右手，不然角度看起来会很奇怪。几分钟后，她发给我一系列照片，大约有六张。有些照片是从正面拍的，还有几张是从上方往下拍的。照片中我穿着敞开的睡衣，右肩上搭着一条辫子。我看起来像是闭着眼睛，其实我是在看西尔维斯特。他躺在一个靠垫上，穿着白色的睡衣，用手抓着睡衣的布料。从照片中看不见他的表情，但我知道他的双眼确实已经阖上了。

哺乳期阅读书单

以下几乎所有作品我基本都是在手机上读的，不过如果有些纸质书足够轻，我也会在哺乳时单手举着读。有些书我完整地看完了，有些则只看了一部分。有些书我是第一次读，还有一些是重温。有些作品是完整的一本书，还有些是零星的诗歌、短篇小说、访谈和散文。我在本书中引用了很多下列书单中的作品，但还有更多是我想要引用但没能纳入的。并非所有作品都是讨论母亲身份话题的，但我可以确定的是，它们的作者都是由女人所生所写的。我按照大致的阅读顺序列举如下：

《像母亲一样》，安吉拉·加贝斯著	*Like a Mother*, de Angela Garbes
《啮齿类动物》，保拉·博内特著	*Roedores*, de Paula Bonet
《房间里的母亲》，希拉·海蒂著	*Maternidad*, de Sheila Heti
《妈妈经》，帕斯·卡尔德隆·霍夫曼著	*Mamasutra*, de Paz Calderón Hoffmann
《阿尔戈》，玛吉·尼尔森著	*Los argonautas*, de Maggie Nelson
《孩子是如何诞生的？》，安娜·韦斯特利著	*¿Cómo se hacen los niños?*, de Ana Westley
《黑暗仪式》，罗萨里奥·卡斯特拉诺斯著	*Oficio de tinieblas*, de Rosario Castellanos

续表

《母亲》，杰奎琳·罗斯著	*Madres*, de Jacqueline Rose
《你是我的母亲吗?》，艾莉森·贝克德尔著	*Are You My Mother?*, de Alison Bechdel
《妇女、艺术与社会》，惠特尼·查德威克著	*Women, Art, and Society*, de Whitney Chadwick
《第二性》，西蒙·德·波伏瓦著	*El segundo sexo*, de Simone de Beauvoir
《九月》，加布里埃拉·维纳著	*Nueve lunas*, de Gabriela Wiener
《生于女人》，艾德里安·里奇著	*Of Woman Born*, de Adrienne Rich
《摆渡人》，凯蒂·施密德著	"The Boatman", de Katie Schmid
《无言以对》，帕洛玛·瓦尔迪维亚著	*Sin palabras*, de Paloma Valdivia
《性爱之夜》，帕斯卡·基尼亚尔著	*La noche sexual*, de Pascal Quignard
《胡安娜·伊内斯·德·拉·克鲁斯修女作品全集》	*Obras completas*, de Sor Juana Inés de la Cruz
《随笔》，娜塔莉亚·金兹伯格著	*Ensayos*, de Natalia Ginzburg
《母亲读本》，莫伊拉·戴维编辑的选集（尤其是以下几篇）:	*Mother Reader*, antología editada por Moyra Davey (En particular:)
–《分娩》，玛格丽特·阿特伍德著	– "Giving Birth", de Margaret Atwood
–《旧词典》，莉迪亚·戴维斯著	– "The Old Dictionary", de Lydia Davis
–《渔妇的女儿》，厄休拉·K. 勒古恩著	– "The Fisherwoman's Daughter", de Ursula K. Le Guin
–《疯狂的猜测：母性与诗歌》，艾丽西亚·奥斯特里克著	– "A Wild Surmise: Motherhood and Poetry", de Alicia Ostriker
–《孩子不是写作的障碍，而是灵感的来源》，艾丽丝·沃克著	– "A Writer Because of, Not in Spite of, Her Children", de Alice Walker

续表

–《孩子是自己的主人：作品中有意义的题外话》，艾丽丝·沃克著	– "One Child of One's Own: A Meaningful Digression within the Work(s)", de Alice Walker
《小说和故事》，雪莉·杰克逊著	*Novels and Stories*, de Shirley Jackson
《奥兰多》，弗吉尼亚·伍尔夫著	*Orlando*, de Virginia Woolf
《是诗歌，不是你》，罗萨里奥·卡斯特拉诺斯著	*Poesía no eres tú*, de Rosario Castellanos
《白夜》，陀思妥耶夫斯基著	*Noches blancas*, de Fiódor Dostoyevski
《塔兰特拉》，阿布里尔·卡斯蒂略著	*Tarantela*, de Abril Castillo
《苏珊》，阿纳伊斯·巴博–拉维莱特著	*Suzanne*, de Anaïs Barbeau-Lavelette
《孕期日记》，克劳迪娅·阿帕布拉扎著	*Diario de quedar embarazada*, de Claudia Apablaza
《磨砺》，玛格丽特·德拉布尔著	*The Millstone*, de Margaret Drabble
《论自恋：一篇导论》，西格蒙德·弗洛伊德著	*Introducción al narcisismo*, de Sigmund Freud
《伊娜·梅的分娩指南》，伊娜·梅·加斯金著	*Ina May's Guide to Childbirth*, de Ina May Gaskin
《伟大的母亲：艺术和视觉文化中的女性、母性和权力，1900—2015》，展览目录，马西米利亚诺·乔尼策展	*The Great Mother: Women, Maternity, and Power in Art and Visual Culture, 1900—2015*, catálogo de la exposición curada por Massimiliano Gioni
《马琳·杜马斯》，多米尼克·范·登·布格德等著	*Marlene Dumas*, de Dominic van den Boogerd *et al*
《路易丝·布儒瓦：我从地狱归来》，艾里斯·穆勒·韦斯特曼编	*Louise Bourgeois: I Have Been to Hell and Back*, edición de Iris Müller-Westermann

续表

《浮士德》，歌德著	*Fausto*, de J. W. Goethe
“莱尼访谈：扎迪·史密斯”，莉娜·邓纳姆著	“The Lenny Interview: Zadie Smith”, Lena Dunham
《三个女人》，西尔维娅·普拉斯著	*Tres mujeres*, de Silvia Plath
《卡罗》，安德里亚·科滕曼著	*Kahlo*, de Andrea Kettenmann
《弗里达·卡罗日记：自画像》，弗里达·卡罗著	*El diario de Frida Kahlo: un íntimo autorretrato*, de Frida Kahlo
《圣凯文与黑鸟》，谢默斯·希尼著	“St. Kevin and the Blackbird”, de Seamus Heaney
《小小的劳作》，里夫卡·加尔琴	*Pequeñas labores*, de Rivka Galchen
《发光的小说》，马里奥·莱夫雷罗著	*La novela luminosa*, de Mario Levrero
《杰米纳尔》，塔尼亚·塔格尔著（未出版）	*Germinal*, de Tania Tagle (libro inédito)
《失重》，瓦莱里娅·路易塞利著	*Los ingrávidos*, de Valeria Luiselli
《婴儿》，玛丽·达里厄塞克著	*El bebé*, de Marie Darrieussecq
《漫长的告别》，梅根·奥鲁克著	*The Long Goodbye*, de Meghan O’Rourke
《弗兰肯斯坦》，玛丽·雪莱著	*Frankenstein*, de Mary Shelley
《继续》，莎拉·曼古索著	*Ongoingness*, de Sarah Manguso
《物种灭绝》，迭戈·维奇奥著	*La extinción de las especies*, de Diego Vecchio
《红鱼的婚姻》，瓜达卢佩·内特尔著	*El matrimonio de los peces rojos*, de Guadalupe Nettel
《在这里即是光荣》，玛丽·达里厄塞克著	*Être ici est une splendeur*, de Marie Darrieussecq
《投机部门》，珍妮·奥菲尔著	*Departamento de especulaciones*, de Jenny Offill

续表

《我父亲的回忆》，帕特里克·卡瓦纳著	"Memory of My Father", de Patrick Kavanagh
《一个女人是一个女人直到她成为母亲》，安娜·普鲁申斯卡娅著	*A Woman Is a Woman Until She Is a Mother*, de Anna Prushinskaya
《一生的工作》，蕾切尔·卡斯克著	*A Life's Work*, de Rachel Cusk
《第一人称》，玛格丽塔·加西亚·罗巴约著	*Primera persona*, de Margarita García Robayo
《母亲和女儿的生活》，希拉·门罗著	*Lives of Mothers and Daughters*, de Sheila Munro
《无痛分娩》，康苏埃洛·鲁伊斯·贝莱斯–弗里亚斯著	*El parto sin dolor*, de Consuelo Ruiz Vélez-Frías
《一个没有国家的女人：给爱德华·韦斯顿的信和其他私人文件》，安东尼奥·萨博里特编	*Una mujer sin país: las cartas a Edward Weston y otros papeles personales*, editado por Antonio Saborit
《在你来到这个世界之前，你已在我的心里出生》，萨拉·舒尔茨著	*Naciste en mí antes que en el mundo*, de Sara Schulz
《当女人是鸟儿》，特里·坦佩斯特·威廉姆斯著	*When Women Were Birds*, de Terry Tempest Williams
《有孩子的朋友》，莫妮卡·德雷克著	*Amigas con hijos*, de Monica Drake
《婴儿和他们的母亲》，D. W. 温尼科特著	*Babies and Their Mothers*, de D. W. Winnicott
《当女孩沉睡时》，丹妮拉·雷著	*Mientras las niñas duermen*, de Daniela Rea
《在体外》，伊莎贝尔·萨帕塔著（未出版）	*In vitro*, de Isabel Zapata (inédito)